狄奥提玛
——荷尔德林诗选

蓝色花诗丛

［德］荷尔德林 著

王佐良 译

人民文学出版社

图书在版编目（CIP）数据

狄奥提玛：荷尔德林诗选/（德）荷尔德林著；王佐良译.—北京：人民文学出版社，2017

（蓝色花诗丛）

ISBN 978-7-02-013588-2

Ⅰ.①狄… Ⅱ.①荷… ②王… Ⅲ.①诗集—德国—近代 Ⅳ.① I516.24

中国版本图书馆 CIP 数据核字（2017）第 307398 号

出版统筹	仝保民
责任编辑	张海香
特约策划	李江华
特约编辑	杜婵婵
封扉设计	陶 雷

出版发行		人民文学出版社
社	址	北京市朝内大街 166 号
邮政编码		100705
网	址	http：//www.rw-cn.com
印	刷	三河市宏盛印务有限公司
经	销	全国新华书店等
字	数	210 千字
开	本	787 毫米 × 1092 毫米 1/32
印	张	10.5
印	数	1— 6000
版	次	2018 年 2 月北京第 1 版
印	次	2018 年 2 月第 1 次印刷
书	号	978-7-02-013588-2
定	价	49.00 元

如有印装质量问题，请与本社图书销售中心调换。电话：010-65233595

编者的话

"蓝色花"最早源于德国诗人诺瓦利斯的一部作品,被认为是浪漫主义的象征。蓝色纯净,深邃,高雅;蓝色花,是诗人倾听天籁的寄托,打磨诗艺的完美呈现。在此,我们借用上述寓意编纂"蓝色花诗丛",以表达诗歌空间的纯粹性。

这套"诗丛"不局限于浪漫主义,公认优秀的外国诗歌,不分国别、语种、流派,都在甄选之列。我们尽力选择诗人的重要作品来结集,译者亦为一流翻译家。本着优中选精、萃华撷英的原则,给读者提供更权威的版本,将阅读视野引向更高远的层次。同时,我们十分期待诗坛、学界和广大读者的建设性意见。

二〇一五年五月

译　序

约翰·克里斯蒂安·弗里德里希·荷尔德林一七七〇年生于德国巴登-符腾堡州内卡河畔的小城劳芬一个虔信天主教的家庭，家境殷实。他三岁时父亲去世，两年后母亲改嫁，几年后继父也去世了。寡居的母亲希望他能继承祖辈的传统，从事一份体面的神职。一七七六年，七岁的荷尔德林被送到拉丁语学校，一七八〇年他通过修道院学校的入学考试，先后进入邓肯道尔夫和毛尔布隆的修道院学校。在毛尔布隆学习期间，荷尔德林在诗人克洛卜施托克，席勒，舒巴特的诗歌和茇相民谣的影响下，用诗歌倾吐在虔信宗教环境里遭受的"与生命敌对的紧张和压迫"，表达内心极端的孤独、对友谊和自由的渴望，写了很多当时流行的伤感诗和废墟诗。一七八八年毕业时，他在诗歌专业上获得了"极好"的评分。十多年令人窒息的宗教学校生活，在他心中积聚了对自由、友谊和爱情的强烈向往，一旦这种向往得到宣泄的机会，就会像烈火一样熊熊燃烧。一七八八年正值法国大革命如火如荼之时，他考入蒂宾根神学院，在那种革命的激情感染下，他与神学院的志同道合者一起，灯下苦读，或围炉夜话，研习卢梭、康德、斯宾诺莎等人的著作，憧憬自由、平等、博爱的美好理想，并且参加秘密社团，从事反对封建专制的斗争。他用诗歌抒发蓬勃的激情，一首首长篇赞美诗急流般从他笔下倾泻而出，《自由颂》《美人颂》《人性颂》《友谊颂》《爱情颂》……仿佛黑夜中的火炬发出耀眼的光芒。

神学院学习的六年，是荷尔德林弃绝神学，献身诗歌的理想磨砺和定型的六年。一七九三年从神学院毕业时，他婉拒了教会要他担任神职的要求和母亲的期盼，自谋生计。可是，一个年幼丧父，母亲过分关爱，在与世隔绝的神学环境中长大的青年，走向充满未知的生活，他将会遭遇什么样的挫折和磨难呢？初涉社会，他以家庭教师为职业，工作之余从事诗歌创作。他的理想化诗意生活的境界与现实格格不入，又缺乏必要的生活和处世能力，他常常陷入贫穷潦倒的困境。他有时不得不蜷缩在床上，一天只吃一顿饭；或者在崎岖的山道上艰苦跋涉，为的是去履职一份寄人篱下的家庭教师的工作。生活的艰辛并没有销蚀他诗歌创作的坚定意志，在失去生活来源的时候，甚至在不得不离开心爱的情人苏赛特——他理想中的诗性的"狄奥提玛"的时候，他依靠母亲的接济和朋友的帮助，矢志不渝进行诗歌的探索和创作。

他以古希腊诗人品达为楷模，创作阿尔开俄斯体和阿斯克勒比亚迪体颂诗，把它们锤炼得炉火纯青、至臻至美，它们既是习习的晚风，又含着丝丝的忧伤；他创作长篇悲歌，如《游子》《还乡》《梅农为狄奥提玛哭诉》，倾吐对故乡、对亲人的浓浓思念，对心爱的人深沉的爱和眷恋，感情纯真，似清澈的山泉淙淙流淌；他写六音步英雄体颂歌，如《橡树林》《致以太》，既激越高亢，又满怀深情，毫不掩饰地抒发对自由幸福生活的美好向往……人们说，荷尔德林抒情诗给人最大的感受就是真诚，这与他独特的生活经历密切相关。

荷尔德林的诗歌并非一味宣泄感情，而是不断提升和扩张自己诗意的想象力，他虽然以古希腊诗人为楷模，但他的想象已经越过了奥林波斯山的巅峰，向着至高处飞升；他也突破了故乡山水——阿尔卑斯山和莱茵河、多瑙河的阻隔，向着广阔的无边界地带去寻找诗歌发生的源泉和高度："总有／一种渴望，在无拘无束中寻找。"这种无拘无束的寻找让他越过了德国诗歌古典主义的刻板庄严,也越过了刚刚兴起的浪漫主义的柔情蜜意,形成了自己特有的风格和形式:他既在凡尘中,有深情的爱,有绵绵的乡愁和忧郁、真挚的友谊,但他又仿佛不食人间烟火,在历史和现实之间、天国和大地之间自由往来。他由此开创了德国诗歌的新形式并成为它最早的完成者。荷尔德林的资深研究者、《荷尔德林诗集》的编辑者约亨·施密特认为:"二十世纪的伟大抒情诗人,从里尔克到克兰,荷尔德林理所当然地名列首位。"

荷尔德林虽然从小深受基督教教义的浸染,但他热爱古希腊文化和哲学,受到斯多葛主义的泛神论和斯宾诺莎的"上帝即自然"的深刻影响,形成了自己独特的哲学和神学世界观,他把古希腊神话英雄赫拉克勒斯、酒神狄俄尼索斯和基督称为"兄弟",这三位一体的精神偶像充分体现在他后期的诗作中,例如他最优美的悲歌《面包和美酒》。有人认为这是宗教诗,应该翻译成《面饼和美酒》,意为"圣餐",但是约亨·施密特认为,这是"历史作为文化漫游的观念的根据,其神话的隐喻是狄俄尼索斯从印度向西方的行进。"在古希腊时代人们认为,狄俄尼索斯从印度带来了种植技术并且在周游列国时传播了法制。

在荷尔德林生活的时代，诗人不能靠写诗养活自己，他不得不为生计四处奔波。一八〇一年仲冬，他又踏上了去法国波尔多担任家庭教师的漫长旅程，可是一八〇二年六、七月间，当他返回家乡时，已经严重精神失常。更不幸的是，他心爱的苏赛特也因病去世，他的精神日益陷入昏暗之中。但作为诗人，荷尔德林却不肯放下手中的笔，他翻译索福克勒斯的悲剧，并且断断续续写出多篇杰作，如《唯一者》《帕特摩斯》的多个稿本，还有《怀念》《伊斯特河》等等，这些作品被奥地利作家斯蒂芬·茨威格称为"人类文学宝库中不可多得的作品"。从一八〇六年起，三十六岁的荷尔德林精神陷入了黑暗，但他已经给德国和人类的诗歌留下了宝贵的财富。

荷尔德林生前默默无闻，直到十九世纪末和二十世纪初，在德国哲学家尼采和海德格尔的大力推荐下，一九一六年诺尔伯特·海林格拉特出版了荷尔德林后期诗作的划时代的诗集，荷尔德林，一个伟大的抒情诗人才被人们认识。海德格尔认为，荷尔德林的诗是为德国的未来写的，他是诗人之诗人。"诗人之诗人"也许是指荷尔德林曾经对诗人何以为诗人、对诗人身份的合法性进行过深刻的"内省",并且写出了《诗人的天职》《诗人的勇气》这样令人惊叹的诗篇。也许,正因为具有这样"天"赋使命的神圣感和崇高感,才使他在艰难困苦中呕心沥血地探索和创作,把最优秀的诗篇留给了后人,留给了世界。

诗人去世一年后,他同母异父的弟弟卡尔·高克在他的墓碑上刻下了摘自他的《命运》的诗句:

> 在最神圣的风暴里
> 囚禁我的狱墙倾圮,
> 我的灵魂在陌生之地
> 更矫健更自由地飞腾!

王佐良
二〇一六年四月二十五日

目　　录

开普勒 …………………………… 001

施瓦本少女 ……………………… 004

友谊之歌 ………………………… 007

致宁静 …………………………… 012

我的痊愈 ………………………… 015

希腊守护神颂 …………………… 018

致丽达 …………………………… 023

瑞士州 …………………………… 026

人性颂 …………………………… 032

美人颂 …………………………… 039

自由颂 …………………………… 048

爱情颂 …………………………… 056

青春守护神颂 …………………… 060

致希勒 …………………………… 067

希腊	072
命运	077
致青春之神	083
致大自然	087
致海格力斯	091
狄奥提玛	095
橡树林	100
致以太	102
邀请	106
闲情逸致	109
致命运女神	112
致青年诗人	114
人	115
苏格拉底和亚西比德	119
瓦尼尼	120
当我还是个男孩子	122
阿喀琉斯	125
我敬爱的外祖母	127
为祖国而死	129
傍晚的幻想	131
美因河	133

我的财富	137
德国人之歌	141
恩培多克勒	146
海德堡	148
内卡河	151
故乡	155
爱情	157
离别	160
回故乡	163
梅农为狄奥提玛哭诉	165
游子	174
致一位女订婚者	180
斯图加特	183
面包和美酒	191
还乡	202
诗人的勇气	210
诗人的天职	213
盲歌手	218
人民之声	222
喀戎	227
苦闷	232

生命的半程 ……………………………………… 235
在多瑙河之源 …………………………………… 237
漫游 ……………………………………………… 243
莱茵河 …………………………………………… 250
日耳曼尼亚 ……………………………………… 264
弗里德里希·荷尔德林的和平庆典 …………… 271
唯一者 …………………………………………… 281
帕特摩斯 ………………………………………… 287
怀念 ……………………………………………… 300
伊斯特河 ………………………………………… 304
摩涅莫辛涅 ……………………………………… 309

附录
在可爱的蓝天下…… …………………………… 315

开普勒*

我的心在繁星映照下
　游荡，它飘过乌拉诺斯的
　　田园并遐思；孤独而大胆，
　　　轨道请求坚实有力的踩踏。

英雄般携力漫游而来！
　表情振奋！但不要骄傲，
　　因为近了，看见它从欢呼
　　　胜利的田园凌空而来，那人

---

* 作于一七八九年。诗体格律可能借用自克洛卜施托克。约翰内斯·开普勒(Johannes Kepler, 1571—1630)，德国天文学家，发现了行星运动规律并切实改进了天文望远镜。

他引导阿尔比昂的思想家①,

　那在午夜巡天的侦探,

　　进入田园里深入地观察,

　　　并敢在迷宫,高举火炬先行,

高贵的泰晤士的骄傲

　之心在他的墓前俯首,

　　在这赞颂之地向他高喊:

　　　"施瓦本②之子! 你开始改变了

过去千百年来的目光;

　哈! 我完成你未竟之事,

　　因你在前面照耀,高贵者!

　　　在迷宫,你把光明召进黑夜。

生命之力将消耗殆尽

　心中之火焰——我赶上你,

---

① 阿尔比昂(Albion),英国的旧称。阿尔比昂的思想家,指英国天文学家伊萨克·牛顿(1643—1727)。
② 施瓦本(Schwaben),开普勒的故乡,德国巴登－符腾堡州南部阿尔卑斯山区。

我将完成!因其真诚伟大,
  你的轨道,讥讽金子,值其所。"

不朽的幸运!我的祖国
  生育他?泰晤士褒奖他?
    他首次在迷宫拨云见日,
      通往极点的轨道,星宿作证。

赫克拉斯①的轰鸣我已忘,
  我踩着蝰蛇,我不惊慌
    因自豪,因你而起的自豪,
      施瓦本!阿尔比昂感激我们。

诚实者之母亲!宁静的!
  施瓦本!万古向你欢呼,
    你抚育的志士仁人无数,
      凡来过者,都对你有口皆碑。

---

① 赫克拉斯(Heklas),冰岛的火山名。

施瓦本少女*

可爱的施瓦本少女
走遍天下都难遇
天使们在天多高兴
赞她们真诚又热情。

我的心情总欢畅
因我与她已久长
她是我心中之女王
金色鬈发垂肩膀。

上帝的世界她关注
这么亲密和友爱

---

*　作于一七八九年。格律借用自卡尔·菲利普·康茨的《施瓦本之歌》。

径直走上生活路
毫不矫揉与做派。

花卉生长愈娇柔
大地给她们以滋养
桦树赤杨频点头
是向树林表敬仰。

孩子围她们蹦蹦跳
亲密无间紧相依
村子里的母亲们
她们特别的欢喜。

邻里远近皆快乐
都是我的亲爱者
可爱的上帝！我怎忍
羞辱我的心上人。

我的施瓦本少女
个个都是我心爱
我衷心地向往于

赢得她们的青睐。

为了获取那荣誉
我也曾一身盔甲——
你的爱来到我心宇
英雄立刻赶回家。

在阿拉伯的土地
我曾被蜂蜜滴沥,
这样喊:施瓦本先生,回家来!
我即刻重回这里。

谁的心不崇敬美女
他将听见我揶揄
他对祖国无价值
不配做施瓦本之子。

我的爱情他何奈
爱情纯洁而忠贞;
傻瓜说:玫瑰扎人
但玫瑰人见人爱。

友谊之歌*

如英雄在胜利宴会
我们默默把盏围坐,
红光映出美酒高贵,
双双手臂挽起快乐,
被激越的情怀醺醉
我们欢唱友谊之歌。

从清风中飘浮而来,
从安息的墓穴逶迤而来,
过去时代的英雄们!
到我们圈子里来吧,

---

* 作者于一七九〇年三月和玛格瑙、诺伊菲尔决定建立一个友谊联盟,于是就有了这首《友谊之歌》。此诗是第二稿本。

惊异地说:她回来啦,
我们德意志的纯真!

为高贵者我们献出
生命、幸福和财富,
凡我们内心的所属,
太伟大,可骄傲的圆舞
却对虚荣俯首叩行,
神和祖国才要尊敬。

心情已更自由高涨,
朋友已为快乐节庆
温暖地把杯盏递上,
没有快乐,即无生命,
他品尝葡萄的酸汁,
在他疏离朋友之日。

兄弟!你的日子忧伤
而苦闷?男人之心
屈从爱的折磨之苦?
对荣誉的强烈渴望

使你午夜泪水淋淋?
兄弟为你的痛苦祈福!

我们能从众神手中
施予你快乐和苦痛,
只要你离悲伤越远
上帝的爱就越智慧,
他给忧愁苦闷和暗晦
他赐朋友忠诚和温暖。

坚强,当诽谤者中伤,
坦诚,当独裁者恐吓,
男子汉气概遭受挫折,
忍耐,当弱者们沉沦,
朋友能从朋友的目光
汲取爱、忍耐和温存。

如夏天的雨那样可爱,
如收获的恩赐丰富多彩,
如珍珠般清澈和明净,
如伊甸的河流般宁静,

如永恒一般无穷无尽,
友谊的银泉流水长吟。

为此,且慢羡慕快乐、
分离和死亡,我们愿
在庄严的橡树林中,
或在春天的玫瑰园,
当举杯把西风吟诵,
为拥有友谊而祈愿。

命运从婚礼的大厅
把它精选出的一切
召唤到天涯和海角,
留下吧,无依无靠的小道,
将满载着愁苦离别,
唯一流泪者踽踽独行。

他在暴风雪中挣扎遁逃,
在乌云聚集中踉跄而行,
没有向导,无依无靠;
他闷闷不乐地倾听

夜风忧伤阴郁的呼啸,
预感着新起的坟茔;

哦,所有的时刻已还原,
微笑时,它们却渐行渐远,
信誓旦旦下,真切而温情,
宁静温柔,如花儿凋零,
他沉默,直至父辈示意
你,记忆!留在胸怀里。

于是死亡之翼为他扑打,
他静静安眠山坡之下,
盟友来为他把花环编扎,
可是在他兄弟的鬈发,
他的精灵仍啰啰嗦嗦,
轻声耳语:别忘记我!

致宁静 *

我在森林掩映的翠谷
啜饮,在玫瑰丛中瞌睡,
因从你的神盅里喝醉,
感受你爱的气息吹拂。
你少年的脸颊上可见
灼热绯红和激情飞扬,
颂歌在我的内心吟唱,
羽翼请求鹰一般翱翔。

我鼓足勇气沉入地狱,
那里未有凡人看见你,
勇猛的翮羽盘旋而去,

---

* 作于一七九〇年六月一日。

猎户座，仿佛你在那里；
如条条河流通向大海，
所有的时代向你冲去，
你在亘古永恒的胸怀，
在那混沌的深处蛰居。

在沙漠荒凉恐怖之地，
饥饿死亡窥伺着游侠，
阴森狂野在风暴之地，
山岳身披冰冷的铠甲，
在夏夜里，在晨风中，
越过恐惧昏暗的坟冢，
你姐妹的问候飘过树丛，
你的神之吻坚强爱人。

在大厅你把沉静扇动
进入英雄之心，战役开始，
你把激情气息吹进岩洞，
思想家深夜在那里博思，
你把睡意滴入阴暗牢房，
让忍受者忘却他的悲伤，

阴凉泉边你用亲切笑颜，
那里少女把初吻奉献。

哈！幸福泪水为你滴落，
喜悦之情从我全身流过，
千百万个祭坛为你垒起，
别生气！这颗心属于你！
在山谷我畅饮幸福之泉，
然后重返那阴森的深渊，
当女神的怀抱亲密示意，
未婚妻呼唤宁静的婚礼。

倾听者未走近安息之所，
裹尸布里冰凉且阴郁，
奴隶们的锁链已抖落，
五月的风声是雷的咒语；
时间迟钝的流淌悦耳动听，
却被重重忧虑阴森纠缠；
仿佛永恒使梦境消散，
少年安睡未婚妻怀里。

我的痊愈*

——致丽达

一朵朵鲜花从树枝
谢落；力量和勇气，
都应沿我的轨道疾驰，
却在我的战斗中疲敝；
欲望和生命不见踪迹，
还有早年骄傲的宁静；
我在忧伤中深深沉溺，
默默向坟墓招手致意。

老天，心如此执着

---

* 作于一七九〇年末。丽达（Lyda），指玛丽·伊丽莎白·莱布勒特（1774—1839），蒂宾根神学院的神学教授兼院长的女儿。

追求高尚的爱却枉然,
而常被尘世的生活
梦想和期望紧紧纠缠!
啊!为避开内心的忧愁,
友好的大自然!我请求,
常从你母亲般的纤手
得到点滴的快乐温柔。

哈,在你的圣餐
我唯饮下遗忘,
在盛满的魔盏
你递给甜美和力量。
迷失于纵情的欢欣
我呆呆注目这嬗变!
草地树林焕然一新,
明媚的春光清新扑面。——

我重新获得了力量,
自由幸福如以往一样,
感谢你天使的知性,
丽达,可爱的救星!

神清气爽讥笑疲惫,
你的明眸注视崇高勇气,
崇高勇气使你满意,
善良和伟大一如你。

我在快乐中坚强万分,
我将沿着轨道疾行,
云遮雾障分外诱人,
遥远的目标把我辉映。
虐待者或将得逞!
苍白的忧愁可能
将宁静的小屋缠裹!
丽达!丽达,安慰我!

希腊守护神颂*

欢呼！欢呼
在云端的你！
大自然的
初生子！
从克洛诺斯①的大厅
你飘摇而出，
去往新的，神化的创造
华美又尊严。

哈！在生育你的
不朽者那里，

---

* 作于一七九〇年末。
① 克洛诺斯（Kronos），宙斯的父亲，也是最古时的最高之神。

在兄弟们之中①
在人民的统治者之中
在所有被崇拜者中
无一可与你相比!

你尚在摇篮里,严峻的危险
身着滴血的盔甲给你唱祭歌
而神圣的自由为正义的胜利②
递给你钢刀。
你的安睡映射出快乐之光
神奇的爱之光
那金子般迷人的安睡。

你在众神之中犹豫已久
凝思着那正在到来的奇迹。
所有的人像银色的云
在你爱的眼前

---

① 每个民族都有自身的守护神,赫尔德(1744—1803)首先提出一种观念,认为每一个民族都被赋予了自身的本性。
② 公元前五世纪,希腊一直受到来自波斯入侵的严峻威胁,他们以对侵略者的"正义的胜利"捍卫自身"神圣的自由"。

飘荡而过!
那幸福的人们。

在众神面前
你的嘴决定
在爱之上建立你的王国。
所有的天神都大吃一惊。
为兄弟般的拥抱,
雷神①向你俯下
他帝王之首。
你在爱之上建立你的王国。

你来了,俄耳甫斯②的爱
扶摇而现世界的眼前
俄耳甫斯的爱
降临至阿切隆③。
你挥舞魔杖,

---

① 雷神,即宙斯。
② 俄耳甫斯(Orpheus),古希腊神话中的英雄,"俄耳甫斯的爱"指俄耳甫斯潜入阴间,想重新得到死去的妻子欧丽狄克(Eurydike)。
③ 阿切隆(Acheron),古希腊神话中的死亡之河,比喻阴间。

阿佛洛狄忒的腰带

却被醉酒的迈奥尼德①选中。
哈！迈奥尼德！像你！
如此之爱，无人像你；
大地和海洋②
还有巨人的心灵，大地之英雄
你的心无所不包！
还有天空和所有的天神
都容入你心。
还有花朵，花朵上的蜜蜂
被你的心慈爱地包容！——

啊，伊利昂③！伊利昂！
你在孩子们的鲜血中
怎样痛哭那些阵亡者！

---

① 迈奥尼德（Mäonide），《伊利亚特》中，迈翁的儿子迈奥尼德因为醉酒，选中了阿佛洛狄忒色彩缤纷的神奇腰带，腰带里织进了所有的诱惑。
② 荷马史诗《伊利亚特》表现的是陆战，而《奥德赛》表现的是奥德修斯在大海上迷航。
③ 伊利昂（Ilion），特洛伊的另一个名字。

现你得到了宽慰,伟大
和温暖萦绕你身边,如同
迈奥尼德的歌声萦绕他的心。

哈!在生育你的
不朽者那里,
你,你即是俄耳甫斯的爱,
你,你创作了荷马的歌。

致丽达*

陶醉,如领航员放眼
明亮的晨光下的海面,
如我在极乐仙境之谷
惊喜于自己爱的欢舞,
山谷和树林欢笑新生
我行游处我畅饮神圣,
哈!被她选作心爱之人,
我把傲慢的宿命讥讽。

比我心中为爱所付出,
渴望将更高傲更珍爱,
我想象着去拥抱无数,

---

* 作于一七九〇年末或一七九一年初。

当我歌唱爱,醉人的爱,
如春的天空辽阔明丽,
如珍珠般纯洁和可爱,
如智慧之泉清澈静谧
这颗心被她,被她所爱。

看!我常自豪地誓言,
心的结盟与天地长存!
丽达我,我生为福祉,
丽达我,如我的灵魂,
可分离的时刻妒忌着紧逼,
忠诚的姑娘!我和你,
在地球上永不,永不分离,
丽达!亲密无间心心相映。

你在葡萄园丘默默游移
那里我找到你和你的天宇,
你的眼睛,你尊严的明镜
连接着我和你永恒有力!
我们的春天转瞬飞逝!
哦,唯一的你!原谅,原谅!

我的爱把你的安宁扰攘
她满怀着泪水和悲伤。

当我沉湎于你的魅力,
我为你把天和地忘记,
啊!爱的生活如此幸福,
丽达!丽达!我说得对吗?

瑞士州*

——致我亲爱的希勒①

宁静得让人困乏,渴望既苦涩又甜蜜,
一个个更美好的念头都涌上了我的心,
然而回忆却递给我这神奇的杯子,
泡沫漫溢,让我尽情享受流转的图像,
唤醒昏睡的翅膀给我唱起亲密之歌。

兄弟!爱神赐给了你神圣的火花,
细腻精致的感觉,去发现何是壮美秀丽;
你的心闪耀骄傲自由之光和童稚的天真——

---

* 作于一七九二年。六音步体。
① 希勒(Christian Friedrich Hiller,1769—1817),中学时已与作者结识,在蒂宾根时为一个有革命思想的学生团体的成员,曾于一七九一年复活节与作者和另一个朋友到瑞士徒步旅行。

兄弟！来和我一起品尝神奇的杯中物。

那里，西边的云渐渐熄灭晚霞的光辉，
目光转向那里，渴求的泪水流淌！
啊！我们曾在那里游荡！目光饱览
遍布的美景！——心胸曾怎样扩展开去
容得下整个天空！——滚烫的面颊如何
被晨风舒适地清凉，仿佛歌声中告别者
在苏黎世湖缓缓远去的船上消失！
亲爱的！你热得颤抖的右手紧握我的，
在轰鸣的莱茵瀑布①你热烈严峻地谛视我！
可是幸福如你，哦在自由之源②的一天！
喜悦如你，从瑰丽的天空无一降临我们。

内心涌动着预感。正在休假的修道院③

---

① 莱茵瀑布(Rheinsturz)，莱茵河发源于瑞士境内的阿尔卑斯山区，莱茵瀑布位于夏夫豪森(Schaffhausen)。
② 自由之源(der Quell der Freiheit)，指作者漫游瑞士时到达的四森林州湖(Vierwaldstätter See 也称琉森湖)山谷，在此湖边，一二九一年出现了瑞士联邦的两个奠基州，乌里(Uri)和翁特瓦尔登(Unterwalden)州，该两州结成同盟，捍卫自身的权利和自由，故称"自由之源"。
③ 修道院(Kloster)，指玛丽亚隐修院。——原注

庄严的钟声悄然停息。在花山四周
安宁的小屋渐渐隐没,在轰鸣的山涧,
在云杉的深谷,那里在神圣的远古
祖先的耕地被满足的子孙合理地继承。
永恒的森林之夜恐怖阴暗地迎接我们,
我们奋力攀上那秀美得可怕的山隘。
巨人的城堡里总是夜一般黑暗和狭小。
孤独的漫游者沿着羊肠小道临险而下。
紧靠右边咆哮着冲出暴怒的林中之河:
那啸声就令人心惊胆颤。悬崖的灌木
似波涛汹涌压向我们,峭壁腐朽的冷杉,
被风暴摧折。——此时黑夜在山峰上恐怖
而奇妙地显现,如勒果湖①的英雄精灵,
翻滚的云在白雪皑皑的松林上铺展。
风暴和冰霜在深渊激荡。风暴携来
啸叫,鹰急坠直下,捕捉峡谷里的猎物。
乌云的面纱被撕裂,身穿铁甲的
女巨人凌驾,这巍峨庄严的米腾②。

---

① 勒果湖(Lego),位于奥地利的奥西亚赫(Ossiach)小镇。
② 米腾(Myten),哈肯山顶一块巨大的金字塔形的岩石。——原注

我们惊奇地游荡而过。——你们自由的父辈①!
神圣的人们! 我们放眼望去,心中充满的
是预感最勇敢的期待,充沛的激情
在孩提时代对我的教诲,使我想起幔利
树林那个高尚的牧人②和拉班美貌的女儿③,
啊! 胸中顿觉如此温暖;——阿卡迪亚④的安宁
温馨可人,未曾相识,还有你,圣洁的纯真,
你们的光耀中绽放的快乐竟如此不同! ——
面对亵渎的奢华,傲慢和奴仆的礼仪
它们由巨大的山脉,这永恒的卫士庇护,
这神圣的河谷嘲笑我们,这自由的源头。
那湖⑤从远处友好地向我们致意;山中
漆黑的深渊掩藏了它恐怖的怀抱;
安宁的小屋被浓密枝叶诱人地遮掩,

---

① 自由的父辈,指在"宣誓之地"吕特利(Rütli)一同宣誓的人们。
② 幔利(Mamre 或 Mambre),在巴勒斯坦希布伦市以北约四公里处,传说以色列人的祖先亚伯拉罕曾在此居住,"幔利树林那个高尚的牧人"即指亚伯拉罕。
③ 拉班(Laban),《圣经》中的人物,以撒之妻利百加的兄长,有两个女儿。拉班美貌的女儿指拉结(Rachel)。
④ 阿卡迪亚(Arkadien),古代西方田园牧歌中的世外桃源。
⑤ 那湖,指四森林州湖(Der Waldstätttersee)。

它友善地从深处仰望,孩子般快乐
欢呼的羊群和深深的青草漫山遍野。
我们匆匆赶去相爱;一路上笑声朗朗,
沿途品尝酢浆草,还有新鲜的酸模,
直到热情的儿子在友善至诚的小屋
微笑着递给我们黑色的意大利葡萄,
新的生命在我们内心诞生,冒泡的酒杯
在欢乐歌声中碰响,以对自由的敬意。
亲爱的! 我们在此如何? ——对这样的欢饮
内心无所渴求,而所有的力量都在成长。

亲爱的! 美妙的一天转瞬即逝;在清凉的
暮色中我们告别;途经自由的各处圣地,
我们在虔诚的极乐的宁静中远离,
把她深藏于心,祝福她,然后告别!

幸福地生活,你们幸运者! 在和平的幽谷
幸福地生活,你宣誓之地①! 星辰向你欢呼,

---

① 宣誓之地(Stätte des Schwurs),指吕特利,前述林中湖边的一片草地,瓦尔特王公及其同伴在此宣誓:"自由地活,否则就死!"——原注

仿佛精诚的同盟在神圣之夜将你拜访。
壮丽的群山！这里苍白的独裁者徒劳,
温和讨好地把勇气给予奴隶——适得其反,
那正义的,毫不留情的复仇太强大了——
祝你幸福,你秀美的山峰。自由的烈士的
鲜血将你装扮——孤独的父辈止住了泪水。
安息吧,你英雄的遗骨！哦我们也在此
安享你铁一般的长眠,为祖国而牺牲者,
瓦尔特和退尔①的同伴,在自由的美丽斗争中！

我会忘记你,哦神圣的自由的国土！
我会更快乐;强烈的羞愧如此常袭我心,
还有忧伤,我怀念你们,神圣的战士们。
啊！天地在我欢快的爱中徒劳地,
徒劳地被兄弟们探究的目光耻笑。
但我忘不了你！我期望和等待那一天,
羞愧和忧伤会转变成让人欣喜的行动。

---

① 退尔(W. Tell),威廉·退尔,瑞士著名的传说中的英雄,猎人。哈布斯堡王朝的总督盖斯勒逼迫退尔用箭射放在他自己儿子头上的苹果,他射中了那个苹果。后来退尔射杀盖斯勒,被瑞士人尊为民族英雄。十四世纪就已出现九节的诗歌《退尔之歌》(*Tellenlied*)。

人性颂 *

"可能性的界限在精神世界里比我们想象的要狭小。正是我们的弱点,我们的恶习,我们的偏见造成了这种狭小。低下的心灵不相信伟人:卑贱的奴隶用讥讽的表情耻笑自由这个词语。"

引自让-雅克·卢梭《社会契约论》

庄严的钟点已经敲响;
我的心克制;轨道已选择!
云层消散,新星显亮,
赫斯珀里德①的幸福让我眼馋!

---

* 约作于一七九一年末。赞美诗体。
① 赫斯珀里德(Hesperiden),古希腊神话传说中的人物。在大洋最遥远的西边,赫斯珀里德守卫着生命之树的金苹果,它代表着青春的不朽和丰硕成果。

爱无声的泪水已擦干,
它为你流淌,我的兄弟①!
我为你牺牲;为父辈的荣耀!
为将来的幸福!牺牲即正义。

美丽的神性已在眼前,
向着纯粹的欢乐凸显;
我们常常体验仙境,
被她母性的吻坚强和纯净;
像她那样体会创造的热情,
她窃听温情编织的心灵,
我们的琴弦奇妙地演奏
严谨的女大师的乐曲。

我们从星辰之纽带学习,
以男人心理解爱之声音,
我们愿把右手伸给兄弟,
携精神之伟力循轨而进;

---

① 我的兄弟,及下文的"兄弟权利""兄弟"均有法国大革命的口号"博爱"之意。

我们嘲笑桀骜不驯之徒,
建隔离墙,用闪亮的饰物;
未被玷污的一群农夫
人性重与之亲密结缘。

从自由的旗帜上少年
神祇般感受伟大善良,
哈!为劝诫傲慢的浪子,
倾力打碎禁令和锁链;
鹰勇敢愤怒地扑动双翅,
这必胜的真理守护神,
他携复仇的闪电而至,
雷声隆隆,宣告胜利之宴。

千真万确,未接触毒物,
仙境之花匆匆趋于成熟,
女英雄们,太阳不会滞留,
奥勒拉纳[①]未在瀑布逗留!

---

① 奥勒拉纳(Orellana),据说是从源头至河口考察亚马孙河的第一个欧洲人。

我们的爱和胜利所开拓,
正向完美之境蓬勃延伸;
子孙们享受幸福的收获;
不朽的棕榈树报答我们。

那么与你的行动同去吧,
与你的期望,哦现时代!
汗水滋润我们的种子发芽!
去吧,安宁乃战士之期待!
从我们的墓穴中腾涌
终极的光荣,它备受赞颂;
为在墓地上创建仙境,
新的力量向神圣升萦。

为把精神谱进乐曲,
唯神奇的弦乐演奏;
神圣自然的优雅招手,
美德进入大师的行列;

莱斯沃斯①的诗行飞扬,
你赐福之号的激情嘹亮!
在美丽广阔的希望原野
生命嘲笑奴才的肉欲。

从高尚的爱获取力量
年轻的鹰不厌倦飞翔,
友谊强大的魔力引领
新的双子星②飞向天庭;
少年火一般燃烧的热情
亲密倚靠功勋显赫的老人;
用心护卫亲爱父辈的准则,
勇敢,博爱和快乐如他们。

他已找到自己之元素,
凭自己之力即神之幸福;

---

① 莱斯沃斯(Lesbos),爱琴海上的岛屿,被称为诗人之乡,此处诞生了诗人阿里昂(Arion),阿尔开俄斯(Alkaios)和萨福(Sappho)。
② 双子星(Tyndariden),古希腊神话中的一对同母异父的兄弟卡斯托耳和波吕丢刻斯,卡斯托耳是斯巴达王和妻子勒达的儿子,波吕丢刻斯是主神宙斯和勒达的儿子,两人命运不同,但保持了深厚的兄弟情谊。

掠夺者①已被祖国清除,
祖国之灵魂,它已永恒!
神性不会扭曲纯真的目标,
淫欲的魔爪徒劳向他招摇;
祖国即他的炽爱和高傲,
他的死,他的天空。

他已选定你为兄弟,
你双唇的吻使之神圣,
不可变的爱向你发誓,
真理的守护神不可战胜!
在你的天光里成熟,
正义之光庄严可怖,
英雄脸庞显高贵的平静——
我们心中的上帝即主宰。

欢呼吧,胜利的激动!
没有双唇不在歌唱幸福;
我们期待——最终成功,

---

① 掠夺者(Räuber),此处指专制的诸侯们。

蛮力无法获得永恒之物——
古代的父辈从墓中复活，
尊贵的子孙兴高采烈；
天使宣告尘土①的荣耀，
人性进入完美的境界。

---

① 尘土的荣耀，作者把对神的歌颂转向对人的歌颂，抒发对人性的赞美。

美人颂*

自然以她各种美丽的形式形象地向我们叙述，解读她的密码的任务是道德感情赋予我们的。

　　　　　　　　引自康德《判断力批判》

我的心灵难道未曾
在所有神明的耳边
神奇的缪斯！向你誓言
至死不渝的忠诚？
你的眼睛没对我笑？
哈！我无畏地逍遥
穿越爱，快乐而果断，
向庄严的高处飞行，

＊ 约作于一七九一年六月。此诗是第二稿本。赞美诗体。

在永恒青春的生命
显耀给歌手的花冠。

凌驾于猎户星座,
极地之音渐渐隐没,
那始祖形象的美人①
嘲笑既成的恶魔们,
以奖掖祭司的辛劳;
让我感受阳光照耀,
让我亲近女创造者,
因我被热望激励,
因她以胜利的欢乐
奖赏那勇敢的轨迹。

自由的灵魂已畅饮
更纯净的澎湃激情;
我生命的种种折磨
已被新的欲望吞没,

---

① 根据柏拉图的观念学说,永恒的观念真善美皆寓意于居于至高处的宇宙现象("凌驾于猎户星座")。

黑夜和乌云已逃亡;
当在恐怖的法庭上
世界之轴快速断离——
快乐并未失色苍白,
而从她的脸上流丽
宁静的伟大和挚爱。

你这样向大地降临,
身着光明外衣的女王!
哈!尘土重又被唤醒,
而忧伤的腐朽翅膀
却在欢庆之地扑腾;
怨恨和粗野的纷争
已被爱的目光消弭,
快乐并兄弟般亲密;
众人都欢呼着享有
对你更高级的感受。

我已在绿色的地球
品味着高尚的享受;
你神祇的嘴正颤抖,

我已在神圣的时候
感受母亲温柔亲吻；
与我童稚之心迥异
跟随我，去森林草地
这阿卡迪亚的形体——
哈！我内心很惊奇，
她有魔法般的伟力。

无论深海还是高天
她的女儿，大自然
我都能，把幸福发现，
由这位仙女选定，
她清澈醉人的影踪；
那冷杉茂密的翠谷
被友好地拥于怀中，
清泉从那里流入
那湛蓝平静的水镜，
我自觉幸福而伟大！——

微笑吧，迷人的脸庞！
神之眼睛，纯净温柔！

听吧,他活着并向
你们贵族炫耀歌喉,
我的安提菲尔①画像。——
母亲! 儿子勇敢的爱
才看见你无处不在;
透过那迷人的面纱,
从安提菲尔的秀美
我认出你,乌拉尼亚!

看! 如你,理智和心
让有限者享有温馨,
你祭司的神奇赏犒,
你的儿子们的创造,
傲视酬薪和奖励;
哈! 以千百个致意
如亚库斯②满面红晕,

---

① 安提菲尔(Antiphile),这个名字出现于法国哲学家 Hemsterhuis 的作品《阿里斯泰俄斯》(Aristée),也出现于古罗马喜剧作家泰伦提乌斯(Terenz)的《自虐》(Heautontimorumenos)。
② 亚库斯(Jacchus),古希腊神话中狄俄尼索斯的教名,狄俄尼索斯是快乐之神,也是酒神,激情和醉态之神。

我品尝你们的神性,
飞扬激越的儿子们!
体验和欢呼那醉醺。

奔向勇敢目标的群体!
有静穆强大的祭司气质!
亲爱的!你们的誓词,
在金色荷赖①之园光彩熠熠,
你们游荡之处,是仙境;——
哦!你们被赐者!减轻
被压迫兄弟们的重负!
痛恨那专制的暴政!
享有你们自己的幸福!
奉迎者挥霍时,俭省!

哈!最美之花已吐艳
在祭司的伺奉勤勉;——
快乐,它永不会过期,
微笑,在神祇的辖地——

---

① 荷赖(Horae),古希腊神话中的时序女神。

我正期待着这快乐!
这里让光辉照耀我,
让我贴近女创造者,
骄傲的愿望激励我,
因她以胜利的狂喜
奖赏那勇敢的轨迹。

欢庆,如高高的祭坛旁
人群蒙受神灵之光,
兄弟!献出爱的热泪,
以表对神性的敬畏,
奉献出勇气和作为!
致敬吧!从这个王位
永无法庭轰鸣的惊雷,
你们王国高尚的天职
她以母亲的口吻告知——
听!神的声音在宣示:

"在享受幸福中提携,
但要衷心将她告诫,
不要仿造我的天堂

每一个可爱的地方,
世界的每一个和谐?
我的心神奇地赋予
那高贵形象以俊美,
他嘲讽卑贱的贪欲,
生活之中无可责备
追求纯洁的神性志趣。

在铁石般贫瘠之地
法律的榨取费尽心机,
成熟,如赫斯珀里德果实,
快速成为不变的财富,
于是我的光照向内心;
被法律收买的奴仆,
为其辛苦乞求酬薪;
我神性的伟大儿子
以忠诚的敬意报偿,
以爱的幸福奖赏。

清纯如这星辰之声,
如旋律般升向穹苍,

美妙的赞歌驾乘
勇敢快乐的翅膀,
让我贴近儿子心房:
爱的玫瑰美丽绽放!
怨诉之声永远沉寂!
从精神的神圣之地,
大自然!在你的怀抱
仙境正向着他微笑!"

自由颂 *

在冥府门口我歌唱欢乐,
我教导那阴影何是醉态,
我看见,千百个被选中者,
我的女神最具神的风采;
如过去的湿夜紫光荧荧,
领航员面对着他的大海,
如林木森森的极乐仙境①,
我惊诧注目你神奇的爱!

恭敬地垂下它们的翅羽,
鹰和隼忘掉它们的掠抢,

---

* 约作于一七九二年年中。赞美诗体。
① 仙境(Elyse),古希腊神话中的永生之地。

驯服于那钻石的绳缰，
一对倔强之狮向它们走去；
青春野性的急流停止了，
如我心，默对不安的欢乐；
果敢的伯莱亚斯①隐匿，
大地则变成朝圣之地。

哈！为报答忠诚的效力
女王授予我种种权利，
我由此充满神奇之力，
欢呼的心智让她美丽；
戴王冠的女法官所言，
将永远回响在此心弦，
永远回响在创造之域——
听，哦神灵，母亲在宣言！

"晕眩在古老的混沌波涛，
如伊万②的女祭司般癫狂，

---

① 伯莱亚斯（Boreasse），古代诗歌中指有敌意的北风为 Boreas。
② 伊万（Evan），古希腊传说中酒神狄俄尼索斯的祭名。

被青春狂热的欲望欺诓,
我自称为自由之女王;
它暗示脱缰之力交锋
将致大毁灭的时间;
故告知兄弟的同盟,
我的法度将辽阔无边。"

"我之法,守护柔弱生灵,
决绝勇气和缤纷娱乐,
人人被赋予爱的权利,
都承担爱的甜蜜职责;
快乐自豪地不受惊扰,
伟力驰骋宽阔的轨道,
弱者被温柔的爱提携
可靠依偎伟大的世界。"

"巨人让我的苍鹰坠地?
神使高傲的雷声停息?
独裁者号令大海平静?
他能阻止星辰的运行?——
不要亵渎自选的神祇,

不要撕裂她忠实的盟誓,
忠于爱这永生的法理,
她神圣的生命自由自在。"

"满足于正义的凛然气象,
猎户星座①明亮的铠甲
未将兄弟的双子星照亮,
唯狮子座向他们致敬仰;
为取悦那失去神性者,
太阳神的微笑安宁慈祥,
为年轻的生命,在可爱的
地球,欣欣向荣地成长。"

"不要亵渎自选的神祇,
不要撕裂她忠实的盟誓,
忠于爱这永生的法理,
她神圣的生命自由生活;
一个,其中一个已陨落,

---

① 猎户座(Orion),双子座(Tyndariden),狮子座(Löwen)均代表宇宙的秩序。

打上了地狱耻辱的标志；
要坚强，循最美轨道奔驰，
沉重压迫下人匍匐而行。"

"啊！他是最具神性之人，
不要激怒他，忠诚的自然！
他的复原将神奇粲然，
因他身具英雄之坚韧；——
快，哦快，新的创造时刻，
勿嘲笑，美好的金色时光！
在更美，未受伤的同盟中，
庆贺你的力量不可预测。"

哦,兄弟,那时刻会延迟？
兄弟！为千百个哀求者，
为萌生耻辱之念的后代，
为崇高尊贵的期待，
为让善良充满灵魂，
为传承的神的威权，
兄弟！为我们爱的意愿
君主将成过去,觉醒吧！——

时间之神！你的慰抚
沉闷中如清风向我们吹拂；
玫瑰般的脸笑意盈盈，
让我们甘愿去斩棘披荆；
当父辈荣誉遭到诋毁，
当最后一丝自由绝灭，
我心涌出分离的苦水，
逃进它更美丽的世界。

时间选择了将何物淘汰，
明天在新的花丛中绽开
青春从大毁灭里诞生，
乌拉尼亚①自波涛下上升；
当暗淡星辰低下它的头，
许佩里翁②闪耀在英雄进程，
腐烂，奴仆们！从你们坟头

---

① 乌拉尼亚(Urania)，阿佛洛狄忒·乌拉尼亚，是古希腊神话中九位缪斯女神之一，主管天文。
② 许佩里翁(Hyperion)，古希腊神话中太阳神赫里俄斯的别名，见荷马的《奥德赛》。

自由的日子微笑着升腾。

正义曾流着泪向弥诺斯①
森严的大厅仓皇逃遁——
看!她现以母亲的欢喜
亲吻忠实的大地之子;
哈!卡托②神性的灵魂
在仙境把胜利欢庆,
无数美德之旗高擎,
荣誉的圣物授予众人。

永不从善良众神的怀抱
降下惰性的狂妄孤傲,
棕色的女收获者友好地
耕耘赛勒斯③神圣的园地,
在炎热的葡萄园山麓,

---

① 弥诺斯(Minos),古希腊神话中克里特的国王,是宙斯和欧罗巴的儿子。
② 卡托(Cato),古罗马共和国的两位统治者 Marcus Porcius Cato Censorius 和他的曾外孙 Marcus Porcius Cato Uticensis。
③ 赛勒斯(Ceres),古罗马神话中的女神,主管谷物种植。

响彻收获者勇敢的欢呼,
不受忧伤的翅膀亵渎
欢乐带来了笑颜展露。

爱从天而降,催生男子
气概和高尚的情致,
你重又带来神祇之日,
单纯之子!温馨的亲密!
忠诚胜利!友谊无可救赎,
皇家气派,如雪松倒伏,
祖国的复仇者在凯旋
向更美好的世界涌入。

久已被斗室紧紧闭锁,
我的躯体沉睡于安宁!——
我已把期望之杯满酌,
柔美暮色中神朗气清!
哈!在澄澈无云的远方,
神圣的自由将我召唤!
那里,与你们壮丽的星光,
一起拨响我的琴弦狂欢!

爱情颂 *

为赏心悦目的景色
我们奔放在绿草地；
我们的圣职是寻找欢乐，
大自然是我们朝拜圣地；——
今天眼睛里没有阴影，
人世间也不应有忧愁！
人人都应享有爱情，
如我们般快乐自由！

自豪地讥讽，姐妹兄弟！
嘲笑那卑怯的奴才气！

＊ 此诗的第三稿本出现于一七九二年春。赞美诗体。

勇敢地欢唱歌中之歌①,
携手围起节日的欢乐!
登上葡萄园的山丘,
眺望远处宽谷的溪流!
满天飞翔爱的羽翼,
处处洋溢迷人的美丽!

爱情给新开的玫瑰
从高天里带来晨露,
芳香诱导晚风学会
在五月花丛中爱抚;
她围绕那猎户星座
把忠诚的地球引来,
按照她的示意所说,
条条河川汇入大海;

依偎着荒凉的山岳,
她排列温柔的翠谷,
炽烈的太阳喜悦

---

① 世俗地隐喻《圣经》的"圣歌"。

向宁静的大海沉入;
看!大地与天空
神圣的欲望联姻①,
当阴霾密布天穹,
激动母亲兴奋的心。

爱的波涛越过大洋②,
嘲讽不毛之地的荒芜,
血染的胜利旗帜飘扬,
为祖国而欢呼;
爱让悬崖峭壁坠毁,
魔术般创建天堂——
清纯微笑着回归,
神性年华绽放光芒。

因爱而强大,我们
挣脱那禁锢的镣铐,

---

① 天地联姻是古老的主题,可上溯至赫西俄德的《神谱》,寓意宇宙的和谐(Allharmonie)。
② 隐喻古罗马作家奥维德诗性创作的海洛和利安得的爱情故事,表现爱情的力量战胜一切。

沉醉的心灵向星辰
飞逝,自由而崇高!
我们耽于誓言亲吻,
忘记时间缓缓潜行,
心灵险些判断失真,
你的欲望永无止境。

青春守护神颂 *

嗨！沉睡的羽翼被唤醒
要进行一次新的飞行，
我再次胜利地体量
爱和自豪的精神力量；
看！你的天之火焰，
充满你的坚强和乐观，
众神族群中的君主！
是勇敢的爱之税官！

哈！兄弟般手足情深，
即是言说你的星辰！
此种和谐的构成，

---

* 作于一七九二年。赞美诗体。

让慧眼尽享天成；
如苍鹰围绕它飞翔，
如鬈发在风中飘扬，
那里生活无可比拟
活得如此华贵安逸？

尊贵者神采奕奕
俯瞰冬天的草地，
她重又生活和爱
这苏醒的大自然；
围绕青山与翠谷
我尽情雀跃欢呼，
盛赞你的欢乐盛宴，
帝王般的守护神！

哈！众神的河谷草场
重又微笑和生长！
我所感所见，皆如
一个爱和幸福！
鹰已在悬崖栖居，
如这颗心般欢愉，

而满怀同样的力量，
橡树林飒飒争强。

在爱的亲密无间中
一波一波紧随相拥；
姣妍的玫瑰体验爱抚，
神圣的爱神将你呵护；
千百快乐生命羞怯地
围绕特鲁丝①的胸脯，
千百次欢呼向蓝色
以太宣告你的抱负。

而心灵的美丽之火，
把你的恩惠赐予我，
众神族群中的主宰！
感受她我更愉悦自在；
你的春天已凋谢，
你很多的爱已枯竭；——

---

① 特鲁丝(Tellus)，指大地，被古罗马人尊为人类赖以生息、获取食物的神。

过去她们曾娇艳迷人，
我心和星辰光彩照人。

哦！这默默的请求
值得你以真诚接受，
引导朝圣者的脚步
走向欢乐众神之途；
用香膏油脂希望
冷敷心灵的创伤，
迷人的错觉仍萦绕
荒凉落寞的小道。

献给每一个贵族，
每个莱斯沃斯人物，
醉人的生活仍耽溺
美的至高无上权力；
我常愚蠢地殚精竭虑，
爱虽主宰至高之欲，
统摄最甜蜜的痛苦，
她仍占据此心府。

看古老的往事历历
眼睛享受观赏的快意。
哈！伟大父辈的荣耀
仍激励我奔向目标；
永不停息,直至地府门厅,
我的忧虑完美遁形,
沿选择的轨道前进,
我倍感坚强和决心。

高脚杯斟满玉液闪亮,
他胜利的宙斯尽享,
被音乐陶醉,他的鹰
于是闭上它的眼睛,
那里,用神圣树叶编缀,
众英雄自我陶醉,
我的心灵,由你娩出,
仍常有神圣的情愫。

赞颂,魔鬼中最妖娆者！
赞颂,大自然的统治者！
众神的领地,因你的

温和,呈现秀美景色;
在神圣的愤怒中
阴郁暗淡你光彩面容,
哈! 他们未从源泉里
汲取无穷的欲望和美丽!

伊俄斯①纵情享乐奢靡,
她因爱而强大和美丽,
经不起蒂松亲吻之诱,
变得衰老而丑陋;
在帝王般的匆忙中
微笑着穿越天空,
福玻斯②为箭而哀愁,
为勇气和形象而怨尤。

爱和恨都漫不经心,
他的胜利之欲已耗尽,
狂野伟力不知去向,

---

① 伊俄斯(Eos),指古希腊神话中的朝霞女神奥罗拉(Aurora),因羡慕特洛伊王子蒂松的美貌,把他劫为自己的丈夫。
② 福玻斯(Phoebus),即阿波罗。

阿瑞斯傲心沉入梦乡；
哈！那死亡之魔盏
唯雷神之强力独占！——
大地和苍穹在哽咽，
沉入混沌之黑夜。

生而在无名的幸福中
永恒的世界将你赞颂，
在青春的光焰中
所有的心其乐融融；——
心之光焰将熄灭
酣战弥久我将历险，
一切坚毅之力将枯竭，
她唤醒你将美丽重现！

致希勒*

你活着，朋友！——谁若不曾
把珍贵的天堂之物，爱情之
金色的珍果，如你一样，
在生活的道路上随身携行，
谁若不在自由少年的圈子里
幸福地收获友谊时，把沉醉的泪水
洒入神圣葡萄的花朵，
谁若不像你一样，从激情中，
从永不枯竭的自然的圣杯中
汲取勇气和力量，爱情和快乐，
谁就没有活着，而一百年，
会像一副重担，压迫他肩膀。——

---

* 此诗出现于一七九三年夏。

你活着,朋友!生命之晨唯有
少数能光芒四射,将你照耀;
你找到了如你一般纯真,像你
一样高贵的自豪之心;美丽的
友情之花向你缤纷盛开;
你的心还使内心的欲望,
那智慧的孤独之女,典雅高贵;
青山翠谷都让你入迷,
春天的美景都让你倾倒,
都让你睁大明澈的眼睛。

你,幸运地,被创造的
自然之女赫尔维蒂娅①,紧紧拥抱;
那古老、骄傲的莱茵河在哪里
自由猛烈地坠下悬崖,你就站在
那一片美丽的喧腾中欢呼。
那里岩石和森林被优美神奇的
阿卡迪亚围绕,耸入天际的山峰,
覆盖着千年不化的积雪,

---

① 回忆曾去瑞士的旅行。

如星辰辉耀长者的银发,
被云彩环绕和苍鹰盘飞,
绵延到一望无际的远方,
那里退尔和瓦尔特神圣的遗骸
在未亵渎的友好的自然
怀抱里安眠,很多英雄的
尘土被轻轻的晚风吹起,
在牧羊人无忧的屋顶萦绕,
你就在那里体验伟大和神性,
幸福的宏图将你映照,
千百个金色的梦填满你心胸;
当你与单纯和自由艺术的
爱与神圣的国土分离,
星辰云雾般将你笼罩,
然而回忆却用它的魔棒
让你度过很多幸福的短暂时光。

它真切地敲响了,这分别的时刻;
啊!因为它告知,这是无情的,
我们挚爱的友谊已枯萎,永恒的
青春唯向着那仙境成长;

它将我们拆散,挚友!
如沉船的白帆和桅杆
在风暴肆虐的大海上折断。
也许难解的命运暗示
此刻引导我们或远或近
穿过草原或者天堂,
你飞向那年轻的乐土,
落在你的费拉德尔菲亚①的岸边
那充满快乐心情的遥远海洋;
也许,一条温柔的魔带
把你束缚在那坚硬的土地!
因为真的!人心是一个谜!
愿望常如火焰,无边无际蔓延,
在我们中不可抗拒地闪耀;
常常在一个狭小的圈子
一位朋友,一间小屋,一个可爱的女人
就满足我们所有的愿望。——
可那分别的时刻,如它之所愿,

---

① 费拉德尔菲亚(Philadelphia),美国费城。作者的朋友希勒(Hiller)将移居美国费城。

要把所有钟爱的心分离!
是啊,惰性的时间畏惧友谊
神圣的基石,而遥远的距离却不会。
我们认识,珍贵者! 祝你幸福!

希 腊*

——致 St.

我看见你在梧桐的树荫，
那里赛菲索斯河①流过花丛，
那里青年陶醉荣誉之中，
那里苏格拉底赢得人心，
那里阿斯帕西娅②飘过爱神木林，
那里兄弟般快乐的呼唤
从喧闹的集市传来回音，

---

* 第一稿本发表于一七九五年的《乌拉尼亚》杂志第三卷。
① 赛菲索斯河(Cephisus)，希腊从雅典向北和向西流的河流的统称。
② 阿斯帕西娅(Aspasia)，古代雅典政治家佩里克勒斯的情人，后成为他的妻子。

那里我的柏拉图建起天堂①,

那里节庆之歌将春天润色②,
那里纵情奔腾之河
从密涅瓦③的圣山飞泻澎湃——
以示对女守护神的崇拜——
那里千百个陶醉的诗人时刻,
岁月消失,如一个神祇之梦,
因为我找到了你,亲爱的!
如多年前这颗心与你相逢;

啊!拥抱你我感觉异迥!——
你为我歌唱马拉松英雄,
还有那最美好的激情
从你朦胧的眼神流露,
你胸中洋溢胜利之情,
你的心灵被月桂呵护,

---

① 柏拉图建起天堂,柏拉图于公元前三百八十七年在雅典附近建学院讲学,成为古代最著名的教育机构。
② 春天雅典人庆祝鲜花节。
③ 密涅瓦(Minerva),雅典娜的拉丁文名字。

生活的沉闷压不垮你,
只稍稍平淡快乐气息。

你的爱星已暗淡无光?
玫瑰色的青春年华已凋谢?
啊!沉浸希腊的金色时光,
你全然未觉岁月的流泻,
如维斯塔①的火焰般永恒,
勇气和爱在每一个胸膛燃烧,
如赫斯珀里德果实般诱人,
拥抱青春欲望的骄傲。

啊!在那更美好的日子
你爱之心为人民而操持,
如此博爱伟大并非虚妄,
喜悦的泪水宁为之流淌!——
等待吧!她在某个时刻到来,
她把神性与监狱分开②——

---

① 维斯塔(Vesta),希腊炉灶女神的拉丁文名字。
② 认为肉体是灵魂的"监狱"的观念始于柏拉图,这一观念为作者常用。

死去吧!你徒劳地在这地球,
崇高心灵!寻找你的星宿。

女英雄阿提卡①,已陨落;
那里古老的神子们沉默,
在美丽的大理石宫殿遗迹
仙鹤孤独悲伤地伫立;
妩媚春天微笑着来临,
她的兄弟却渺无踪迹
在伊利苏斯②神圣的河谷里——
他们长眠于瓦砾和荆棘。

我向往那遥远的地方
阿尔开俄斯和安纳克莱昂③,
我喜欢在那陋室酣眠,
依偎着马拉松的圣贤;
啊!那是我最后的眼泪,

---

① 阿提卡(Attika),雅典所在地。
② 伊利苏斯(Illsus),古代雅典的河,流入赛菲索斯河。
③ 阿尔开俄斯(Alcäus),公元前六百年古希腊莱斯沃斯岛的抒情诗人;
安纳克莱昂(Anakreon),公元前五百年吕底亚的梯俄斯的抒情诗人。

为心爱的希腊而流淌,
哦命运女神①,让剪子嚓嚓,
因我的心属于那死亡!

---

① 命运女神(Parzen),古罗马的命运女神。

命 运*

对命运顶礼膜拜者,即是智者。

——埃斯库罗斯

当它从和平的圣谷,
戴着爱编织的花环,
赶赴众神的筵席,
金色时代①的魔力隐匿,
当命运铁的权利,
苦难,这伟大的女法师,
同那超强的猛士

---

* 作于一七九三年十月。
① 根据赫西俄德的《工作与时日》(*Werken und Tagen*),世界的时代在第一阶段是一步步由"金色"时代,经过"银色"时代,进入"金属"时代;第二阶段是从"英雄时代"进入"铁的时代"。

进行持久艰苦的角力;

他从母亲的摇篮跃起①,
因他发现,这美丽痕迹
通往他德行艰巨的胜利,
这神圣大自然之子;
崇高心灵最高的贡献,
德行雄健的伟力已开始
胜利中,这神祇少年
赢得无与伦比。

金色收获的欲望
唯在阳光炙烤下高涨;
唯从自己的鲜血
战士懂得骄傲和自由;
凯旋! 天堂已消失,
犹如云宫里喷出火焰,
犹如混沌中诞生旭日,

---

① 赫拉克勒斯作为宙斯之子被称为"神子",是斯多葛主义的"美德"英雄。

英雄从风暴中涌现。

欲望均自苦难中萌发,
唯挚爱在痛苦中培养,
它为我心所专享,
那是人性美妙之魅力;
上升吧,在深潮中历练,
那里凡人的肉眼看不见,
希普利亚①在黝黑波涛
和骄傲花朵中默默微笑。

陶醉青春美丽的梦幻,
宙斯之子们被苦难聚成,
宣誓结成生死同盟,
剑和矛都已交换;
他们在内心欢呼,
如一对鹰把战斗渴求,
就像雄狮分享猎物
分享那爱的不朽。——

---

① 希普利亚(Cypria),古希腊神话中美神阿佛洛狄忒的别名。

苦难教会怨诉者蔑视,
它不让少年之精力
名节不保,枯竭而死,
给心以光明,胸怀以勇气;
老者之拳使它青春重获;
它如神的闪电倏然而至,
它让岩石的山崖崩落,
它如狂风巨浪般疾驰。

以它神圣的雷鸣电闪,
以它无情的冷酷,苦难
带给人伟大的机遇,
如此美好,千载难遇;
在它的风暴雷电中
极乐之地了无影踪,
世界在惊雷下颤抖——
伟大和神性之物持久①。——

---

① 斯多葛主义的学说认为,一切伟大和"神性"仅存在于内心。

哦你,巨人们的伙伴,
哦智慧、愤怒的自然,
巨人之心所蕴含之物,
只在你的学校里萌出。
阿卡迪亚已逃脱;
生命的果实之丰硕
必经她,英雄的母亲,
这是铁的必然性。——

为我生命金色的早晨①
感谢你,命运之神②!
你给予我旋律和甜美
忧愁,还有梦想和眼泪;
火焰和风暴护爱
我青春的极乐园,
而安宁和默默的爱
在我心中建起圣苑。

---

① 世界时代的转换已经历史地结束,因此"金色时代"已成为青春"金色的早晨",随后是"铁的必然性"的英雄时代。
② 命运之神,原文为 Pepromene,古希腊神话中代表命运之神。

在正午的火焰中成熟,
在战斗和痛苦中成熟,
繁花似海无边无垠,
仿佛神的花蕾,这颗心!
我的灵魂被风暴催促,
聚集生命最高的欲望,
德行胜利的夙愿幸福
渺茫,却使我心胸年轻!

在最神圣的风暴里①
囚禁我的狱墙倾圮,
我的灵魂在陌生之地
更矫健更自由地飞腾!
鹰的羽翼常在此滴血;
战斗和痛苦还在等待!
直至太阳边最后的搏击,
我的心被胜利哺育。

---

① 以下四行诗句由作者同母异父的弟弟卡尔·高克在作者去世后镌刻于在蒂宾根的作者墓碑上。

致青春之神*

你走进夜色苍茫，
在夏日的夜晚
为已故的脸庞
你挚爱的眼睛明亮，
还常有朋友的幽灵，
仿佛星群的合唱，
古代巨人们的精灵，
激越而高亢；

在美丽的面纱后面
神明遮掩自己的脸，
常有爱的深深追求

---

* 作于一七九四年十月，由《青春的守护神颂》修改而来。赞美诗体。

让你沉默无言；
报答心力的操劳
是宁静的感觉，
而演奏的乐章
是心灵的弦乐；

于是在幽静的山谷
寻找繁花似锦的树林，
从金色的荚壳挤出
欢乐的祭奠酒！
心灵之春永不老
它还在向你微笑，
青春之神却要
凌驾你我之上；

如在提布尔①河滨，
那时诗人曾坐树荫，
又如在神祇的梦境

---

① 提布尔河(Tibur)，即今天的 Tivoli 河，靠近 Tiber 河的支流阿尼奥河(Anio)。

流水般逝去的年华，
当榆树给予它阴凉，
当它自豪而欢喜
在银色浪花间嬉戏，
这阿尼奥河的潮汐；

在柏拉图庭院四周，
当穿过树林的绿荫，
夜莺就致以问候，
爱的星光便映显，
当所有的风都入眠，
天鹅轻轻扇动羽翎，
塞菲索斯河①流经
橄榄树和爱神木林；

人间竟如此美艳！
我们的心也体验
生命和友好的

---

① 塞菲索斯河（Cephissus），作者在他的诗歌中提到了很多希腊的河流，塞菲索斯是从雅典向北和向西流的河流的统称。

大自然的安宁；
当天空之美铺展，
她博爱地融进
我们的心灵之音，
那是春天之声。

于是在幽静的山谷
寻找芬芳四溢的树林，
从金色的杯盏倒出
欢快的奠酒，
大地英姿永不老
她还在向你微笑，
青春之神却
凌驾你我之上。

致大自然*

那时我围着你的面纱嬉戏,
我像一朵花那样依恋着你,
我感觉着你心的每一次跳动,
那声音围绕我的心轻轻搏动,
那时我满怀着憧憬和渴望,
像你一样,面对你的倩影,
我为我的眼泪找到一个地方,
也为我的爱找到一个世界。

那时我的心向着太阳寻觅,
仿佛她听见我的心音,
我把繁星称作它的兄弟,

---

* 约作于一七九五年九月。

把春天当作神祇的旋律，
那时微风轻轻吹过树林，
那是你的精灵，快乐的精灵，
它在平静的心波中移行，
那时我在金色时光里沉浸。

那时山泉清凉我的身体，
那青春的灌木郁郁葱葱，
围绕着静谧的悬崖嬉戏，
天空从树枝间露出芳容，
那时我正沉浸在花海，
它的芬芳让我静静陶醉，
绚丽的光彩向我涌来，
金色的云从高空飞坠——

那时我还在荒野游荡，
嫩芽在幽暗的悬崖萌发，
激流发出惊悚的欢唱，
浓云用黑暗把我掩藏，
当风暴雷霆万钧袭来，
裹挟我越过千山万岭，

天空之火向着我蔓延,
此时你现身,自然的精灵!

我常噙沉醉的眼泪期待,
如久入迷津的激流
渴望大海,美丽世界!
我融入你的缤纷多彩;
啊,那时我用全部生命
快乐地冲破时间的孤傲,
如朝觐者在天父的大厅,
投入无限的怀抱。——

祝福吧,童年金色的梦幻,
你们隐瞒了生活的贫乏,
培育了心灵善良的幼芽,
我得不到的,你们赠予我!
哦自然,你美丽的光华,
尽情地、丰硕地结出
爱的尊贵的果实吧,
如在阿卡迪亚的收获。

它死了,它曾教我,抚育我,
它死了,那青春的天地,
那曾容下整个天空的胸膛,
死了,贫瘠得像荒芜的土地;
啊!春天会吟唱我的忧虑,
那依旧是友好、慰藉的歌,
可我生命的明天将延续,
而我心灵的春天已凋谢。

最诚挚的爱必将永远空虚,
我们所爱的只是一个幻影,
因青春金色的梦已死去,
友好的自然已为我凋零;
你在欢乐的日子未曾感受,
在遥远的故乡却为你保留,
可怜的心,你不要向它祈求,
若一个故乡之梦你还不够。

致海格力斯＊

童年在梦中埋得深沉
我如同矿井里的矿石；
感谢你，我的海格力斯！
你把一个男孩培养成人，
我已可荣登王之位
我的业绩壮丽宏伟，
如克洛尼翁①的闪电，
从青春的云层中闪现。

＊ 约作于一七九六年七月。海格力斯（Herkules），希腊神话中最高统治者宙斯之子，Herkules 的拉丁文拼写为 Herakles，也常译为赫克力士或赫拉克勒斯。
① 克洛尼翁（Kronion），在荷马史诗中，把宙斯称作克洛尼翁（克洛农的儿子），而其中最著名的英雄海格力斯是宙斯的儿子，因此诗中称他为"克洛尼翁之子"。

如鹰哺育它的雏鹰①,
当眼睛里有星光辉映,
在勇敢的漫游中
升上快乐的以太天空,
你,崇高的半神②,领我
从婴儿的摇篮里走出
离开母亲的餐桌和老屋,
投身你战斗的烈焰烽火。

你误以为,你的战车
携我而行纯属徒然?
你肩负的每一个重担
都把我的灵魂驱策,
尽管学费必须支付;
你的光焰,在肺腑
疼痛地燃成骄傲的光明,
可它们却并未耗尽。

---

① 鹰从尘世不断地向着不朽的神祇(以太)上升,在古代的英雄崇拜中,鹰升天为神,成为不朽的象征。
② 崇高的半神,指海格力斯。因为海格力斯是主神宙斯和凡人妻子奥克梅纳(Alkmene)的儿子,所以他是"半神"。

当你陷于命运的惊涛,
众神的力量却把你
勇敢的泳者①! 托举得高高,
什么教会我赢得胜利?
什么赋予这丧父的孤儿②,
他坐在黑暗的大厅里,
向往神性与伟大的男儿
以致他贸然与你相比?

什么把我从一群嬉戏
孩童中抓住并提拉?
什么把小树的枝杈
向着以太的白昼托起?
嫩稚的生命,没有
园丁之手友爱地培养,
但是凭藉自身的奋斗
我仰望着向天空成长。

---

① 在索福克勒斯的悲剧《特拉喀斯的少女》中,歌队唱出了海格力斯与大海波涛的搏斗。
② 作者在三岁时就失去了父亲。

克洛尼翁之子！在你身旁
我感到脸红心跳,
奥林普是你的荣耀①;
来吧,把它与我分享!
尽管我生即凡人,
可是我的灵魂
却坚信它的不朽,
它持有,即它所求。

---

① 海格力斯在生命结束时被接纳进奥林波斯山,成为"不朽",获得被诗人赞颂的永恒的荣誉,作为对他英雄业绩的褒奖。

狄奥提玛

你像从前一样临照,
金色日光!我歌声的花苞
重又绽放,向你
呼出生命的气息?
一切竟已如此迥异!
很多我悲哀地躲避
却在友好的记录中回响,
在我欢快的歌声里,
随着每一次钟声敲响,
我都会神奇地回忆
童年那宁静的日子,
自从我找到,这一个您。

狄奥提玛!高贵的生命!

姐妹,我神圣的亲人!
在我向你伸出手之时,
仿佛很早就与你相识。
那时候我还在梦中,
晴朗的日子把我吸引,
在我花园的树荫,
躺着一个满足的孩童,
以轻松的兴致和美丽
我灵魂的五月已来临,
沙沙地,如微风之柔音,
神圣的!你我身心相映。

啊!这如同一个神话,
快乐之神都离我而去,
那时我面对天空的光华
像一个盲人孤苦踽踽,
时间的重负将我压弯,
我的生命冰冷而凄惨,
渴望把自身蜷缩
进入死者的沉寂王国:
可我,这盲目的游荡者,

仍渴望找到一个我的，
一个我心中的人儿，
在阴影旁或在这儿。

现在！我找到了你！
比我渴望的更美丽，
我期待在欢聚的良辰，
可爱的缪斯！你能现身；
在那高高的天空里，
快乐总向那里逃避，
那里没有年龄的界限，
美人永远灿烂娇妍，
我看见你从那里降临，
神的女信使！而今
你满怀善意的满足
在歌手身边长久驻足。

夏的热烈和春的明丽，
战斗与和平在这里交替，
在宁静的众神形象前
我心胸深感神奇显现；

心生愤怒于崇敬之中
我常羞愧,也常止遏,
我成功将她赢得,
她也领略最勇敢的举动;
我对所得并不满足,
虽曾为此自豪地泣哭,
可我的想法太优雅,
而她的力量太强大。

啊!你安静的美人,
幸福温柔的容仪!
心啊!你天籁音调,
与我的却不相谐调;
可是你的旋律乐音,
却使我的心神渐明,
逃避那黯淡的梦境,
我自身已焕然一新;
我是否因此被选择?
我生为你高贵的安宁,
也为欲望和光明,
神祇的幸运者!你呢?——

如你的和我的父亲，
他在晴空之庄严中
越过他的橡树林
飞向光明的天空，
如他在大海的波涛，
清凉的深处一片蔚蓝，
从天空的苍穹登攀，
澄澈平静向下俯瞰；
我要离开神祇的高处，
重被赐予美好的幸福，
愉悦地吟唱和观看，
现在重新回归凡俗。

橡树林*

我从庭院向你们走来,你们山的儿子!
在庭院,耐心而节俭地生活,
与勤劳的人们相互照料,彼此眷顾。
可你们,尊贵者! 高高在上,如一群巨人
在这个温顺的世界,你们只属自己和天空,
天空哺育并教导你们,还有大地生育你们。
你们没有一个甘于被人教养,
欢快自由,相互挤压,强有力的根系
纠缠交错,紧紧握持,如同鹰捕捉猎物,
你们用坚实的臂膀攫取空间,在云层之下
你们明亮而高傲地头顶着太阳的皇冠。
你们每一个都是一个世界,如夜空的繁星般

---

* 最早刊发于席勒主编的《时序》杂志一七九七年号。六音步诗体。

生活着,每一个都是神,自由随意结成同盟。
若是我能忍受卑躬屈膝的身份,那就不会
羡慕这片森林,而是依偎亲密社交的生命。
我的心决不再把自己禁锢于世俗的生活,
那为爱所不允,我多么向往在你们中间居住!

致以太*

诚实友好,哦父亲以太!众神和人
无一像你,抚育我成长;在母亲把我
抱入怀中并用她的乳汁哺育我之前,
你温柔地抱着我,用天空的养料喂养我,
让神圣的气息①第一次吸入我生长的肺腑。

这些生命的发育并非靠尘世的消耗,
你用你的玉液琼浆滋养他们成长,哦父亲!
从你永恒的源泉中急迫地、源源地涌出

---

* 作于一七九七年六月前。六音步赞美诗体。以太(Äther),西方文化中统摄一切的自然力量,也有世界的灵魂和精神的含义,作者把它作为泛神论的世界观的中心符号,有时也把它称为"父亲""父亲以太"等。

① 神圣的气息(den Heiligen Othem),作者受到斯多葛主义的影响,认为以太是"赋予灵魂的气息",即"普纽玛(Pneuma)"。

那充满灵性的风,流经生命所有的管路。
所以这些生命都热爱你并竭尽全力
在快乐成长中永不停顿向着你上升。

天父!植物难道没有用它的眼睛搜寻你,
低矮的灌木难道没有向你掩藏羞怯的怀抱?
一旦它发现你,被束缚的种子就冲破荚壳,
它从你身上汲取生命力,沐浴在你的波涛里,
森林抖落覆盖的积雪,如同脱掉过重的盛装。
连鱼儿们也游过来,渴望着跃出
波光粼粼的水面,仿佛急切地想要
跳出摇篮,到你身旁;高贵的地上动物们
也想把脚步变成飞行,那强烈的欲望
常被理解为对你隐秘的爱,她向上飞升。

骏马自豪地守护着大地,它的头颅
像弯刀向天空高昂,马蹄轻盈点过沙地。
仿佛和草开个玩笑,鹿蹄拨弄草茎,
如同微风跃过小溪,激流却泛起白沫,
犹犹豫豫,然而悄无声息穿过灌木丛。

可是以太的爱子们,那些幸运的鸟雀
愉悦地居住和嬉戏在父亲无限的大厅!
空间足以容纳一切。小径没有路标指示,
无论伟大还是弱小都在厅堂徜徉自如。
它们快乐地在头顶吸引我,我的心渴望
神奇地趋向它们;仿佛友爱的故乡
正从高天向下示意,我想在阿尔卑斯
山巅云游并从那里呼唤急切的鹰,
它要把那曾在宙斯怀抱里幸福的男孩①,
把我从监禁中带往以太的殿堂。

我们愚蠢地四处漂泊;如滋生的葡萄藤,
当栅栏把它们隔断,它们就向天空生长,
我们自己在大地上铺展,寻觅,游荡,
穿过大地的各个地带,哦父亲以太!欲望
徒劳地把我们驱赶进你的花园居住。
我们投身瀚海的浪潮,在更自由的海面
满足自己,无边无际的浪涛围绕我们的

---

① 幸福的男孩,根据希腊神话,系指酒童该尼墨得斯(Ganymedes)。原是特洛伊国王特洛斯的儿子,因为美貌非凡,被宙斯的鹰劫到奥林波斯山,成为宙斯王的酒童。

航船嬉戏,海神的伟力愉悦我们心胸。
可它并不满足;因深远的大洋诱惑我们,
那里轻波荡漾——哦谁不想驾驶
那遨游之船去往每一个金色的海岸!

可我却渴望去往那朦胧的远方,
那里你用蓝色的波涛拥抱陌生的海滩,
你从果树花枝累累的树梢上沙沙而来,
父亲以太!安慰我这激越奋发的心吧,
我宁愿像从前,活在大地的鲜花丛中。

邀　请＊

——给朋友诺伊菲尔

你的早晨,兄弟,如此绚丽,
灿烂的霞光照耀着你,
它昭示最幸福的生命时光。
缪斯们授予你祭司的圣职,
爱情给你戴上玫瑰的花冠,
并用最纯洁的欢乐滋润你心。
谁曾有你如此幸运? 然而命运
却把一切改变;黑色的风暴
吞没了白昼的光明;惊雷滚滚,
撞击你沉静的头颅;你的至爱,

＊　系《给诺伊菲尔的邀请》的第二稿本。约作于一七九七年。

已在坟墓①;你的伊甸园已荒芜。

哦兄弟,兄弟,你的命运对我
意味着生命骤然的改变!
在鲜花的长廊后面隐伏着蓟草,
邪毒的死亡正潜入青春的枝条,
痛苦的分离常常把友谊
预言为薄情寡义,彼此痛苦!
于是我们制定计划,梦想着
抵达最近的目标,突然闪电
划过,为我们打开坟墓之门。
我看到心灵中你所有的痛苦。
我暗淡的目光投向美因河岸,
我凝注那波涛,直至头昏眼花,
无声无息离去,前景暗淡无光,
命运不可揣测,等待我们的,
只在我的小屋看着夕阳西下。

哦兄弟,分别已多年,来吧,

---

① 诺伊菲尔的未婚妻罗西娜·施陶特林于一七九五年春天去世。

贴着我的胸怀!也许我们
终将重现那美好的夜晚之一,
那些夜晚,我们依偎自然之心
用真纯的心愿和歌声欢庆,
神迹般地回来吧,再一次快乐
而深入地观察生命!来吧,
一只你自己的盖杯正等着你,
我的小酒桶不应继母般吝啬。
一间友好的城堡居室等你入住,
我们的心啊正满怀着爱!
来吧,趁秋天还未驱走庭院的芳馨,
美好的日子一次次把我们催促,
让友谊把我们心灵的创伤愈合。

闲情逸致 *

心胸无忧地安睡,紧张的心绪沉入宁静。
我走进草地,从草根萌出的新叶
如清泉在我脚边涌动,花朵可爱的双唇
向我开放,无声地向我吐出甜蜜的气息,
在树林万千的枝条上,红色的花儿
那生命的火苗,如燃烧的蜡烛向我闪耀,
满足的鱼儿在洒满阳光的清泉中游弋,
燕子与笨拙的雏燕在燕窝周围飞翔,
蝴蝶蹁跹,蜜蜂嗡嘤,我在它们的
幸福中信步游荡;我立在安宁的土地
像一株可爱的榆树,生命欣悦的嬉戏

---

* 出现于一七九七年或一七九八年。六音步诗体。

围绕我,如葡萄和葡萄藤不可分离①。

或者,我举目向群山②眺望,云彩的
花冠围绕山顶,浓郁的鬈发③在风中
摇荡,当它把我放到它坚实的肩膀,
当清风让我所有的感官得到魔力,
那无穷无尽的峡谷,如同一片彩云
在我下方,此时我变成鹰,我的生命
在自然万物中已如游牧人般随遇而居。
现在,小路又引领我回到人间的生活,
远方的城市轮廓朦胧,如同一件锻造好
抵御雷神和人的暴力的钢铁甲胄
威严地矗立,村落在它四周娴静安详;
屋顶上炊烟袅袅,被晚霞之光
友好地映红;篱笆精心围绕的庭院
安逸静谧,犁在精耕的田野沉入梦乡。

---

① 在古代,尤其是阿那克列翁式的诗歌中,以及在十七和十八世纪的德国诗歌中,被葡萄藤环绕的榆树象征可爱的和谐。
② 指陶努斯山(Taunus)的大、小菲尔特峰。
③ 鬈发(Locken),此处喻指树林。

可是,月光下耸立着残破的寺院
石柱和大门,让人生畏,那躁动的
神秘精灵,在大地和人的胸膛里
恼怒地发泄,这不可一世的古老征服者
把城市如羔羊般屠宰,把奥林波斯
摧毁,让群山中生发的火焰肆意蔓延,
他把森林夷为平地并越过海洋
使舟船倾覆,他在永恒的秩序中
对你肆意妄为,你的律法条款无一
不被践踏,他还将你的儿子,哦大自然,
与安宁的精灵一起从同一个子宫娩出。——

于是我回到家,窗外树影柔语轻声,
灯光伴着微风与我嬉戏,我已
把人生富有教益的一页认真读完:
生命!世界的生命!你如圣林伫立,
我说,谁想夷平你,就用那柄利斧,
我却要在你之中幸福地居住。

致命运女神＊

我只要一个夏天,你们女神!
　还要一个秋天让诗歌成熟,
　　我的心渴求着,能尽享
　　　甜美的演奏,然后就死去。

灵魂啊,它生时未得天赋的
　权利,在九泉下也不能安分;
　　而有一天,我心中唯一
　　　神圣的诗篇终将会写成,

那时,欢迎你来安宁的冥府!

―――――――

＊ 本诗系作者于一七九八年邮寄给诺伊菲尔。阿尔开俄斯颂诗体。命运女神(Parzen),指命运三女神克罗索、拉克西斯和阿特罗波斯。

纵使我的弦乐未与我同往，
  我亦心满意足；我已像
    神一样生活过，别无他求。

致青年诗人*

亲爱的兄弟！我们的艺术或已
　　成熟，她已如少女般迅速成长，
　　　　将变得美丽沉静①；
　　　　　　唯有虔诚②，像希腊人！

热爱诸神并对世人心怀友善！
　　厌恶陶醉，如冰霜！勿当教师爷！
　　　　若你们畏惧大师，
　　　　　　那就向大自然请教。

―――――

* 阿斯克勒庇亚迪颂诗体。
① 作者总是以"宁静"突出"希腊女性"狄奥提玛。
② 虔诚（fromm）一词在当时比在今天有更多的含义，它还表示一种和谐的平静和广泛团结的态度，作者以此把"神"和"人"进行比较，即把理想和现实进行比较。

人*

刚刚从水中萌出,哦大地,你
 年轻山岳的峰巅散发吞云
  吐雾的欲望,弥漫常青
   树林,海洋灰色的浩淼中

新生的温柔岛屿;太阳神的
 眼睛喜悦地看见了新生儿
  那植被,他永恒青春的
   微笑幼童,从你腹中诞生。

在这秀美的群岛,风悄悄地

---

* 作者于一七九八年六月三十日将本诗和《太阳神》《苏格拉底和亚西比德》《瓦尼尼》《致我们伟大的诗人》邮寄给席勒。阿尔开俄斯颂诗体。

在宜人的宁静中绕过树林,
　躺在葡萄藤下,温馨的
　　夜过后,在微明的晨曦中

大地母亲!最美的孩子降生;——
　在父亲赫里俄斯亲见之后
　　这男孩醒了,尝试挑选
　　　甜蜜的啤酒,把神圣葡萄

给予保姆;他很快长大;动物
　畏惧他,因为跟它们相比,他
　　是不同的;他不像你和
　　　父亲,内心果敢,独一无二,

父亲崇高的心灵,哦大地!和
　你的欲望与悲伤从此融合;
　　他要和神祇母亲,自然,
　　　这包罗万象者一模一样!

啊,大地!从内心里驱走他的
　狂妄自大,你的馈赠是白费,

还有你温柔的绷带;他
　　寻求更好的,这狂妄之徒!

从他鲜花芬芳的草地之岸
　　此人必须去往无花的水面,
　　　他树林的金色果实,如
　　　　星夜般闪闪发光,他却在

山上挖掘洞穴,从井中遥窥
　　他的父亲明亮耀眼的光芒,
　　　太阳神也是不忠实的,
　　　　仆人不可爱,忧虑更可笑。

林中鸟雀更自由呼吸,因他
　　已高贵地挺起了胸膛,当他
　　　看见幽暗的未来,必须
　　　　直面死亡,独自对它恐惧。

对付一切生命的武器,他在
　　不安的自豪中拿起;纷争中
　　　他耗尽自己及和平的

花朵,娇艳之花开不长久。

难道在所有的生命体中他
　　不是最幸运者?但命运公平,
　　它更深、更凶猛地切入
　　　　强者极容易爆发的胸膛。

苏格拉底和亚西比德*

"神圣的苏格拉底,你为何热衷
　这小子?你不认识那些大人物?
　　为何你用爱之眼
　　　看他,如同看着众神?"

谁研思最深奥,就爱最活跃者,
　谁观察世事,就懂得青春高贵,
　　智者常常在最后
　　　向美好的事物致意。

---

* 亚西比德(Alcibiades,约前450—前404),雅典政治家。阿斯克勒庇亚迪颂诗体。

瓦尼尼*

他们判你藐视上帝?他们用
　　诅咒使你心情沉重,捆绑你,
　　　　还把你投进熊熊火焰,
　　　　　　神圣的人!哦,你为什么不

从天空返回这火焰中,击中
　　那恶棍们的头并呼唤风暴;
　　　　把这些野蛮人的灰烬
　　　　　　从大地清除,从家乡抛弃!

你生时热爱你周围的一切,

---

* 瓦尼尼(Lucilio Vanini,1585—1619),意大利哲学家,因其泛神论的世界观于一六一九年被宗教法庭判为异教徒并以火刑处死。阿尔开俄斯颂诗体。

那些死者,神圣自然已遗忘
　他们之所为,你的敌人
　　和你一样,回归旧日安宁。

当我还是个男孩子……*

当我还是个男孩子,
　　有一个神常守护我
　　　　躲避人们的呵斥和鞭打,
　　我才与林中花草
　　　　玩得快乐而安心,
　　　　天空的微风
　　　　　　伴我一起玩耍。

心如同你
让花草热烈奔放,
当她们见到你
就张开温柔的臂膀,

---

*　创作时间不详,从风格和意象上看应在一七九七年或一七九八年。

你这样让我的心欢喜
父亲太阳!就像英迪米翁①,
我曾是你心爱的人,
神圣的月亮女神!

哦你们所有真诚
友好的神明!
你们知道,
我心中对你们有多爱!

尽管我那时还没有呼唤过
你们的名字,你们也没有
称呼过我,就像熟识的人们
互相打着招呼。

可是我更熟悉你们,
对别人却有点陌生,

---

① 英迪米翁(Endymion),古希腊神话中月亮女神赛丽娜(Selene)爱上了英俊的牧人英迪米翁,宙斯在他的请求下让他永远睡着并永葆青春,赛丽娜每天晚上到拉特默思的山洞里看望她的心上人。

我听懂了以太的沉默
对人的话语却一无所知。

我在树林的
悦耳歌声中成长
我在花草中
学会了爱。

在神的怀抱里我长大了。

阿喀琉斯*

显赫的神之子！因为你失去心爱的人,
  你去了海滩,你的泪水汇入了潮水,
你向那神圣的深渊里悲诉着渴望,
  在那宁静里,你的心远离舰船的喧嚣,
深深的波涛下,安宁的洞穴中居住着
  蓝色的忒提斯①,这海的女神护佑着你。
她是少年的母亲,这法力无边的女神,
  她曾在他岛屿的礁石岩岸上,爱抚地
用波涛澎湃的歌声把这男孩子哺育,
  用愈益强烈的海浴把他培养成英雄。
母亲听到了这少年痛苦的诉说,

---

* 作于一七九八年作者和苏赛特·龚塔尔特分开之后。悲歌体。阿喀琉斯(Achilles),古希腊神话中的大力士,也译作"阿基里斯"。
① 忒提斯(Thetis),传说中海的女神,阿喀琉斯的母亲。

她像一片云,悲痛地从海底升上来,
用温柔的拥抱平复爱子的创伤,
　　他听到了,她怎样宠爱地允诺帮助。

神之子!哦,若我像你一样,就向其中一位
　　天神悄悄诉说我隐秘不宣的苦衷。
似乎我不应正视屈辱,只应忍受,仿佛
　　我从未属于她,她却泪眼汪汪思念我。
善良的众神!听一听人的每一个乞求吧,
　　啊!我忠实虔诚地喜爱你的神圣之光,
我生来就爱着你大地和泉水森林,
　　以渴慕和纯净之心感受着天父以太
和你——哦以你们的善良,减轻我的痛苦,
　　不要让我的灵魂过早地归于沉寂,
我活着,而你们至高无上的天宇之力,
　　在逃离之日,我还用虔诚的歌声致谢,
感谢从前的恩慈,感谢往昔青春之欢,
　　并承蒙你们的善意接受我这孤独者。

我敬爱的外祖母*

——为她七十二岁生日而作

你已饱经风霜,尊贵的母亲!你现在安享
　　幸福,远近的人们慈爱地称呼你的名字,
我到这银色王冠之年也会被衷心爱戴,
　　在这为你成熟,成长和长大的孩子中间。
你温柔的心灵使你幸福地享有长寿,
　　也让你友爱地于痛苦中寄托着希望。
因你满足和虔诚,如同母亲,她曾
　　生下了人之佼佼者,我们大地的朋友。——
啊!他们不知道,崇高者如何游走于人群,
　　他们几乎忘记了,他活着时曾经怎样。
他少有人知,人们以为,这天空的形象
　　只在风暴雷霆之时才显得兴高采烈。

---

* 出现于一七九九年初。悲歌体。

他宽容平静地与那些穷苦的凡人走了,
　　这独一无二的人走了,心中满怀神性。
没有一个活着的人被他的心灵遗忘,
　　而世界的苦难却装入他慈爱的胸怀。
他与死者结为朋友,以别人的名义他
　　走出痛苦和劳累,胜利回到父亲身边。
你也认识他,尊贵的母亲!你追随他,
　　笃信忍耐,沉默地追随,这崇高的形象。
看!童稚般的语言让我自己变得年轻,
　　还记得,像从前,我的眼泪夺眶而出;
我长久地回想着那过去的时光,
　　而故乡重又唤起我孤独的感受,
还有那所旧宅,我在你的祝福中长大,
　　在那爱的哺育下,很快长成一个男孩。
啊!我多少次想到这些,你应为我高兴,
　　那时我看着自己在外面的世界劳作。
我尝试过很多,梦想过,与我胸中的
　　创伤抗争过,可你们为我治愈了它,
哦你们亲爱的!很久以来,如同你,哦母亲!
　　我要学会活着;这个年龄应是平静和虔诚。
我将会去你那里;然后再一次赐告子孙,
　　这个人,当他还是个孩子,就一直爱着你。

为祖国而死﹡

你来了,哦战役!年轻人已从
　　山冈汹涌而来,向山谷冲击,
　　绞杀者莽撞进逼之所,
　　　　必向艺术和臂膀,但他们

必然被年轻人的心灵压倒,
　　因为正义如魔法师般获胜,
　　而他们高唱祖国之歌
　　　　让卑劣者双膝跪在地上。

﹡ 阿尔开俄斯颂诗体。作者创作此诗并非出于狭隘的民族主义,诗中有些词句取自《马赛曲》,具有反专制、反封建的意义。作者于一七九九年一月一日写给他兄弟的信中说:"……如果黑暗王国用暴力入侵,我们就把羽毛笔扔到桌子底下,以上帝的名义去往苦难最深重的地方,那里最需要我们。"

哦收下我,让我加入这行列,
　　我因此不会死得平庸卑微!
　　我不喜欢无谓地死去,
　　　　我愿仆倒在烈士的山冈

为祖国,流尽心脏最后的血
　　为祖国——这即将发生!我来了,
　　　　你们高贵者!你们教导
　　　　　　我生和死,我愿归于你们!

光明中我常渴望见到你们,
　　你们古代的英雄和诗人们!
　　　　你们友情问候卑微的
　　　　　　陌生者,在地下亲如兄弟;

胜利的信使抵达:胜利属于
　　我们!高昂地生活吧,哦祖国,
　　不要计算死亡!亲爱的!
　　　　你不是太多的死者之一。

傍晚的幻想 *

农夫默默坐在屋前纳凉,
  他心满意足,炉灶炊烟袅袅。
    游子在宁静的村子里
      聆听着晚钟好客的鸣响。

船夫满载而归,驶进了港湾,
  遥远的城市和喧闹的市场
    已然远去;静静的庭院
      宾朋满座,尽享欢聚盛宴。

我要去向何方?凡人为薪水

---

* 本诗和《美因河》最晚出现于一七九九年七月。阿尔开俄斯颂诗体。

和生计苟活；辛劳和休息即
　　　是全部的快乐；为什么
　　　　那芒刺还要深扎我胸口？

傍晚的天空春色五彩斑斓；
　　无数玫瑰花开，金色的世界
　　　安宁地照耀；哦紫色的
　　　　云！带我去那里，到更高处，

让光和风消解我爱的痛苦！——
　　如被愚蠢的请求惊吓，魔法
　　　逃亡；黑暗降临，天空下
　　　　我重归于孤独，恰如以往——

你来吧，温柔梦乡！心灵渴求
　　太多；然而最终，年轻人！熄灭
　　　你躁动和沉迷的梦想！
　　　　年迈时才有快乐与安宁。

美因河 *

大地生机盎然,有太多地方
　我想前往,我的心常常飞越
　　高山,我的意愿漫游过
　　　大海,抵达岸边,我比别人

更熟悉的,魂牵梦萦的海岸;
　可远方有一处却非我所爱,
　　那神子们卧睡的地方,
　　　是希腊充满悲伤的土地。

啊! 我曾想踏上苏尼翁①海岸,

---

* 阿尔开俄斯颂诗体。
① 苏尼翁(Sunion),希腊雅典附近安提卡南端的海角,悬崖上有波塞冬神庙。

询问你,奥林匹翁①!你的石柱,
　　远在北方的风暴入侵
　　　　雅典娜神庙的废墟之前

众神的雕像和你都被埋葬;
　　从此你长久孤独地站立,哦
　　　　世界的骄傲不复存在!——
　　　　　　哦美丽的爱奥尼亚群岛②,

清凉的海风吹拂温热海滩,
　　当炎炎烈日下葡萄成熟时,
　　　　唉!贫穷的人们③在金秋
　　　　　　时节把歌声变成了哀叹,

现在你们柠檬树林,石榴树,
　　丰满的紫苹果和甜葡萄酒,

---

① 奥林匹翁(Olympion),希腊雅典的宙斯神庙,以其极高的石柱闻名,现仅石柱残存。
② 爱奥尼亚群岛(Ionien Inseln),在今天土耳其的小亚细亚西部海域,历史上曾经是希腊的殖民地。
③ 在作者的时代这些希腊岛屿被土耳其侵占。

还有铜鼓和吉他,邀请
忧伤者们参加迷宫舞会 ——

也许对你们岛屿,那曾经是
  一个流浪的歌手;他只能从
    他乡到异国游荡,大地,
      自由的大地,她唯有惋惜!

只要活着,他只为祖国服务,
  如果他死了 —— 我永不忘记你,
    即使我在天涯,美丽的
      美因河! 和你幸运的河岸。

高傲者! 你好客地收下了我,
  陌生人的眼睛因你而明亮,
    那静静流淌的歌声哟
      教诲我安静平和地生活[①]。

[①] 隐喻作者在美因河畔法兰克福与苏赛特·龚塔尔特一起度过的诗性的生活感受。

哦你与星辰同安宁,幸运者!
从早晨到傍晚你湍流不息,
　　向着你的兄弟,莱茵河;
　　　然后愉悦携手,共赴大海!

我的财富*

秋日已在丰硕中沉静下来,
　葡萄清新可人,树林被累累
　　果实染红,一些美丽的
　　　花朵为感恩落到了地上。

我沿小路悠闲漫步,田野里
　是心满意足的人们,他们的
　　财富成熟了,许多辛劳
　　　为他们换来欣悦的富足。

天光透过树林,温和照耀着
　辛劳的人们,快乐要被分享,

---

* 约作于一七九九年。阿尔开俄斯颂诗体。

并非仅有人的辛劳就
　　会结出这样丰硕的果实。

哦金色的光芒,你也照耀我,
　　微风,你重又吹拂我,你赐予
　　我快乐,像过去,为我的
　　　　心胸祈求幸福。你错了吗?

我也曾这样,可虔诚的生活
　　已如玫瑰凋零,它却提醒我
　　心中的花朵还在盛开,
　　　　可爱的星辰仍常眷顾我。

谁默爱一个虔诚女性,她在
　　家乡的炉灶边生活,即幸福,
　　天空凌照坚实的土地,
　　　　把自信男人映得更俊美。

因它,未像植物扎根自己的
　　土地,凡人的灵魂已凋谢,他,
　　　一个贫者,只能随日光

在那神圣的土地上游荡。

你们高天之上,太强大!把我
　托起;风暴和晴朗,你们在我
　　胸中变换,我心力交瘁,
　　　你们众神之力变幻无常。

今天我沿熟悉小径默默地
　走进树林,金色的树梢散发
　　枯叶气息,花冠也戴上
　　　我额头,你们亲密的记忆!

为拯救我垂死的心,我也要
　做一个永久的居所,如他人,
　　我无家可归的灵魂啊,
　　　并未渴求离开生命而去。

诗歌,你是我友好的避难所!
　赐我幸福!你无微不至的爱
　　照料我,是我的花园,我
　　　在永不凋谢的花间流连,

在可靠的纯真中居住,在我
　之外,万能的时间掌管一切,
　　远处,可变者沙沙走动
　　　而沉静的太阳催我劳作。

为凡人祈福吧,你们天宇之力!
　给予每个人他自己的财富,
　　哦为我祈福,命运女神
　　　不要结束那个梦,还太早。

德国人之歌*

哦人民神圣的心,哦祖国!你
　　坚忍,如沉默的大地母亲,你
　　　不为人识,从你的深层
　　　　异国得到最优秀的一切!

他们获取你的思想和精神,
　　乐于采摘你的葡萄,却讥讽
　　　你是蔓生的藤!还嘲笑
　　　　你摇晃大地,错乱而癫狂。

你是严谨创造的精神之国!
　　你是爱的国度!我属于你的,

---

* 约作于一七九九年十一月。阿尔开俄斯颂诗体。

我常愤怒哭泣,你总是
　　恼怒地①拒认自己的心灵。

你不应向我掩盖你的美丽;
　　我常站着俯瞰你葱茏原野,
　　　你宽阔的庭院在明亮
　　　　　高山沐浴清风,我看着你。

我走在你的河边思念着你,
　　听着夜莺羞怯地在波荡的
　　　牧场上歌唱,在黄昏的
　　　　　大地上如波浪静静起伏。

岸边我看见城市华灯初上,
　　高贵者们在工场勤勉工作,
　　　科学啊,你如和煦阳光
　　　　　照耀着艺术家创作丰硕。

---

① 恼怒地(blöde),这个词在当时还有"羞怯地""恐惧地"的意思。

你认识密涅瓦①的孩子？她们
　已选橄榄树②为心爱；你认识
　　她们？雅典娜的灵魂仍
　　　活在人间，统摄着苦思者，

古河边柏拉图虔诚的学园③
　早已不再绿草如茵，贫寒者
　　耕作英雄的灰烬，夜鸟④
　　　胆怯地在圆柱顶上哀鸣。

哦神圣的树林！哦阿提卡⑤！神
　以可畏的光辉照耀你，不久，
　　他们催促，那使你重获
　　　生气的光焰向以太拽升？

---

① 密涅瓦（Minerva），雅典娜的保护神，"密涅瓦的孩子"即指雅典娜。
② 橄榄树在希腊象征和平、繁荣和文化。
③ 柏拉图建立的学院坐落在雅典附近风景优美的树林，此处原是希腊传奇英雄阿卡德摩斯（Akademos）的住处，因以得名 Akademie（学院）。古河，指克菲索斯河。
④ 猫头鹰在希腊是神圣的动物。
⑤ 雅典所在的阿提卡（Attika）有连绵的丘陵，古时森林茂密。

而守护神如春天般游荡,从
　　一地到一地。我们中有没有
　　一个少年,把预感或者
　　　　心中的谜团,隐而不宣呢?

感谢德国妇女吧! 她们守护
　　我们友好心灵中神的形象,
　　每天以优雅而清澈的
　　　　安宁救赎那丑恶的杂乱。

哪里有诗人,诗神即在哪里,
　　如我们前辈,变得快乐虔诚,
　　智者何在? 如我们自身,
　　　　冷峻清廉,不可贿赂之人!

现在! 向你高贵者致意,祖国,
　　以新的名义,最成熟的鲜果!
　　最后的和第一的缪斯

你,乌拉尼亚①,我向你致意!

你犹豫、沉默,神思欢乐之作,
　　那由你创造和思摹的新作,
　　　独一无二,如你自身,它
　　　　由爱而生,和你一样善良——

你的德洛斯②何在?奥林匹亚,
　　在盛大的节日我们已找到?——
　　　儿子怎能猜到,你已为
　　　　你的不朽者准备了什么?

---

① 乌拉尼亚是和谐女神和混沌正序者,在九个缪斯中排名最后,但在包罗万象的宇宙和谐中她等级列第一。
② 德洛斯(Delos)岛,传说中光明之神阿波罗的出生地。

恩培多克勒*

你寻找生活,寻找,大地深处
　为你涌出,闪耀出神之火焰,
　　你却在颤栗的期待中
　　　把自己投进埃特纳火山。

女王①放纵地让珍珠溶化于
　酒醋;她喜欢这样!即使你,哦

---

* 本诗与《海德堡》《内卡河》完成于一八〇〇年夏。阿尔开俄斯颂诗体。
　　恩培多克勒(Empedokles,前490—前430),古希腊政治家、哲学家、诗人、宗教教师和生理学家,据说他自封为神,投入埃特纳火山自杀身亡,目的是要圣徒们相信他是神圣的。作者曾于一七九七年夏开始创作悲剧剧本《恩培多克勒之死》,未完成。

① 据说埃及女王克丽奥佩特拉为取悦安东尼乌斯,把价值连城的珠宝溶解于酒醋中,然后与饮料混合在一起。

诗人,并未将你的财富
　　祭献于那发酵的高脚杯!

你于我是圣者,如大地之力,
　它将你,勇敢的被杀者带走!
　我愿意随你去那幽深,
　　　爱不会阻止我,追随英雄。

海德堡*

我爱你已很久,我多么想叫你
　　一声母亲,送你一首无韵的歌,
　　你,祖国的城市,是
　　　　我见过的最美丽的。

就像林中鸟儿飞过山顶,凌飞
　　河面,水光熠熠流过你的身旁,
　　轻盈坚固的桥上
　　　　车马行人熙来攘往。

仿佛神的旨意,一种魔法让我
　　流连桥上,每当我从这里经过,

---

*　阿斯克勒庇亚迪颂诗体。

向山岭走去,那里
　　诱人远景映我眼前,

这条少年之河,流向低地平原,
　　心情兴奋疲惫,她自认太美丽,
　　挚爱地向下奔去,
　　　　投身于时代的洪流。

你给予她源泉,把清凉的影子
　　馈赠给流水,河岸一路目送着
　　她,在水波荡漾中,
　　　　映出她可爱的身影。

可河谷里高悬着巨大的城堡,
　　一直延伸到谷底,却饱经风霜
　　被风雨摧残倒塌;
　　　　而永恒的太阳依旧

把她青春之光倾注于衰老的
　　巨幅图画,常青藤到处都郁郁
　　葱葱;森林亲切的

涛声鸣响城堡上空。

灌木枝繁叶茂,漫向晴朗山谷,
　　依偎着小山冈,在河岸上攀缘,
　　　而你温馨的街巷
　　　　静卧芬芳的花园下①。

---

① 海德堡于一六八九年被法国军队摧毁,于一七六四年重建。而海德堡的花园都在当年的废墟上重建,所以街巷都在花园下面。

内卡河*

在你的河谷我的心唤醒我
　去生活,你的波围着我嬉戏,
　　那可爱的山岭都认识
　　　你,漫游者! 跟我也不陌生。

在它们山顶天之风常为我
　消解奴役的痛苦;从河谷里,
　　如生命出自欢乐之盆,
　　　粼粼银波映出微微蓝光。

---

* 阿尔开俄斯颂诗体。内卡河(Neckar),德国南部巴登-符腾堡州的一条河流,作者的故乡劳芬(Lauffen)和母亲改嫁的城市纽尔廷根(Nürtingen)以及作者上大学的蒂宾根(Tübingen)都在这条河边。

山泉匆匆向你奔来,我的心
　与它同行,你带着我们去往
　　沉静庄严的莱茵河,去
　　　它的城市和迷人的岛屿。

我看世界很美丽,我的眼睛
　渴望地追逐着大地的诱惑,
　　去往金色的帕克托尔①,斯米尔纳②的
　　　海岸,伊利翁的森林。我还想

常在苏尼姆③靠岸,向沉默的小径④
　询问你的圆柱,奥林匹翁!可
　　狂风暴雨和悠久岁月
　　　早已在雅典娜的神庙和

---

① 帕克托尔(Paktol),土耳其小亚细亚的一条河,因盛产金沙而闻名。
② 斯米尔纳(Smirna),土耳其小亚细亚西海岸的伊兹密尔,在古代是希腊的殖民地。
③ 苏尼姆(Sunium),想象中从东海岸到西海岸的旅行,即从小亚细亚向西到希腊阿提卡的相对海岸苏尼姆的海角,海神波塞冬的神庙即在此。
④ 沉默的小径,那条路从苏尼姆海角向西延伸,在离雅典大约六十公里的地方,奥林波斯神庙拔地而起,但现仅存巨大的石柱。

众神像的废墟里把你埋葬,
　　因你孤单已久,世界的骄傲
　　　　已不复存在。哦你们爱奥尼亚
　　　　　　美丽的岛屿! 当海风清凉

那炎热的海岸,沙沙地吹过
　　月桂林,太阳把葡萄园温暖,
　　　　啊! 金色的秋天在歌声中
　　　　　　把贫苦人①变成了哀叹者。

当他的石榴树成熟,当酸橙
　　在暗绿的夜微微闪光,乳香木②
　　　　树脂滴落,槌鼓和铃铛
　　　　　　在迷宫舞会③上和谐奏鸣。

带我去你们岛屿! 也许我的
　　守护神曾去;可凭我良知,我

---

① 贫苦人,希腊在现代解放斗争之前曾受到土耳其的统治。
② 乳香木主要生长在爱奥尼亚群岛最北端的希俄斯岛,乳香木的树脂在古代特别珍贵。
③ 迷宫舞会(labyrinthischen Tanze),古代小亚细亚一种放纵的舞会。

从未离开我的内卡,它
　可爱的草地和岸边牧场。

故　乡＊

船夫快乐地从遥远的岛屿
　　满载而归,停泊静静的河岸;
　　　若我收获与痛苦同样
　　　　多的财富,也会返回故乡。

你们珍贵的岸,曾把我抚育,
　　平复爱的创伤,你们能允诺
　　　我,少年的树林,如果我
　　　　归来,那宁静还会再有吗?

在清凉的小溪里,我曾戏水,

＊ 本诗为一七九八年六至八月写的《故乡》的扩写。阿尔开俄斯颂诗体。

在河岸边,我曾看船帆远航,
　　我要来了;你们可信的
　　　　群山曾护佑我,故乡尊贵

可靠的边界,和母亲的屋子,
　　亲爱的兄弟姐妹们的怀抱,
　　　　我要来了,你们的拥抱,
　　　　　　像绷带,抚平我心的创伤。

你们诚实的人们!可我知晓,
　　爱的痛苦,不会很快平复,它
　　　　不会吟唱摇篮曲,凡人
　　　　　　安慰的歌声发自我肺腑。

因为神借给我们天之火种,
　　也赠予了我们神圣的痛苦,
　　　　爱在其中。我是大地的
　　　　　　一个儿子;要爱,即要痛苦。

爱　情＊

若你们忘记朋友,若你们辱骂,
　　哦所有应感恩者①,你们的诗人,
　　　神会宽恕,可唯应
　　　　尊重挚爱者的心灵。

哦若要问,人之爱尚活在何处,
　　现在忧虑是否还压迫奴性者?
　　　为此神已在我们
　　　　头顶变得无忧无虑。

岁月依旧冰冷而无声地走向

＊　本诗为一七九八年六至八月写的《不可宽恕者》的扩写。阿斯克勒庇亚迪颂诗体。
①　此处有嘲讽之意。

决定的时代,而在苍白的田野
绿草已萌出新芽,
　　常有一只孤鸟歌唱,

树林渐渐成长,河流清波荡漾,
　温柔的风已从正午轻轻吹向
　　甜蜜幸福的钟点,
　　　即美好时光的符号,

我们深信,她仍唯一知足、唯一
　高贵而虔诚地在坚硬、荒凉的
　　土地①成长,唯爱情,
　　　神的女儿,只属于它。

赐福予我吧,哦天空之植物,用
　歌声呵护我吧,当以太用玉液
　　琼浆之力哺育你,
　　　创造之光让你成熟。

---

① 一切都必须在劳作和忧愁中从大地上获取,"唯爱情,神的女儿"不能仅从大地获得。

生长并变成森林！一个有灵性、
　繁花似锦的世界！爱情的语言
　　即大地之语,她的
　　　灵魂即是人民之声!

离 别*

我们想要分离？认为那很明智？
　　我们所做，为何如谋杀般可怕？
　　啊！我们知己很少，
　　　　故有神在我们之中①。

背叛谁？哦他，他为我们所有人
　　创造理智和生命，他，我们爱情
　　有灵性的保护神，
　　　　这一点我可做不到。

---

* 根据一七九八年六至八月的短诗《爱中的人》扩写。阿斯克勒庇亚迪颂诗体。
① 神在我们之中，这一理念在作者的诗中多次出现，它源自柏拉图的"内心的神"和"神在我们之中"，作者在此把它定义为"我们爱情的有灵性的守护神"（beseelenden Schutzgott unserer Liebe）。

可世俗的理智思量别的瑕疵,
  它行使其他铁的手腕和权利,
    其应用日复一日
      骗取着我们的灵魂。

哦!这我早就知晓。由于对异形
  根深蒂固的畏惧,神与人分离,
    必须用血抵偿它,
      挚爱的心必须死去。

让我沉默!哦从此不让我这个
  死者被人看见,让我在安宁中
    深深地陷入孤独,
      因为我们已经分离!

我自己来取盘子,我有救命的
  神圣毒物已足够,我用你饮下
    遗忘之水,所有的
      爱恨情仇统统忘记!

我将远行,也许日后我在这里

看见你,狄奥提玛! 可此愿那时
　　流血而死,亡灵已
　　　　归于安宁,陌路而行。

我们相逢于此,来回低声私语,
　　思忖,迟疑着,遗忘者现已记住
　　　　这生离死别之地,
　　　　　　它温暖着我们内心,

我凝视着你,嗓音和歌喉甜蜜,
　　那弦乐,我听着恍若来自从前,
　　　　百合花香气四溢
　　　　　　溪水金色映照我们。

回故乡*

你们温柔的风！意大利的信使！
　还有亲爱的河，你岸边白杨①！
　　你们连绵群山！哦峰顶
　　　阳光灿烂，真的又是你们？

你宁静之地！梦里你在天涯，
　向往者历经无数失落之日，
　　我的老屋，儿时的伙伴，
　　　山坡的树林，又多么熟悉！

多久，多久啦！孩提时的安宁

---

*　出现的时间参照前述《故乡》。阿尔开俄斯颂诗体。
①　作者故乡的内卡河两岸，至今仍生长着大片的白杨树。

远去了,还有青春、爱和欲望;
而我的故土! 你神圣的
宽容者①! 看啊,你依然如故。

他们要和你一起忍受,一起
欢乐,高贵者! 你教育你的
游子,在梦中催促远在
迷途漂泊的、不诚实的人。

当火热的胸中青春激荡的
情怀已然渐渐平和,在命运
面前归于宁静,启迪者
此时将给予你爱的教诲。

幸福地生活,青春,爱的玫瑰
小径,你们游子的小径,幸福
生活吧! 故乡的天空又
收下我,赐福予我的生命!

---

① 作者在《德国人之歌》中把故土、祖国称为"宽容者"。

梅农为狄奥提玛哭诉*

一

我每天走出去,总在寻找另一个,
  很久以来就在探询大地所有的小径;
上至清冷的高处,我遍访所有的阴影,
  还有各处泉水;精灵迷途上下徘徊,
乞求安宁;被射中的野兽逃进森林,
  中午时分在幽暗中它才得可靠的安宁;
可那绿色的窝穴并未使它心神清静,
  芒刺处处,扎得它哀号连连,惶惶不安。

---

* 本诗从《悲歌》第二稿本引出,是其修改和补充,约作于一八〇〇年夏。悲歌体。梅农(Menon),从希腊语直译过来是"存活的""永久的"意思,作者根据柏拉图在对话《梅农》中赋予的意义,用作"记忆"。

阳光的温暖,夜晚的清凉都无济于事,
　　流水的波涛也无以愈合它的伤口。
大地给予它愉悦的药草也属徒劳,
　　和煦的风无力止住那变质的污血,
亲爱者!这一切将对我显现,没有人
　　能从我头脑里拿走这伤心的梦吗?

二

是啊!这并无助益,你们死神!一旦你们
　　攫住他,牢牢地把持这被抑制的人,
当你们恶棍把他拽进可怖的黑夜,
　　于是尝试祈求,或对你们暴跳如雷,
或要耐心地蛰居于这恐怖的囚禁,
　　和你们的耻笑一起听那清醒的歌。
难道不应忘掉你的拯救,无声地沉睡!
　　可是一个声音如愿在你胸中响起,
你还不能,哦我的灵魂!你还不能把它
　　当作习惯,在铁一般的沉睡中做梦!

我没有节日,我却想用花环装饰鬓发①;

　　难道我不孤单吗?可一个友好者必定
要远道而来,我必定会微笑和惊奇,

　　深陷痛苦的我竟也有如此欣喜之事。

三

爱之光!你也照耀死者,你金色之光!

　　你们更明亮的形象在黑夜中照耀我吗?
你们晚霞映红的山峰是爱的庭院,

　　欢迎你们,你们林中沉默的小路,
创造天空的幸福,你们高高俯瞰的星辰,

　　你们常恩赐我那么多祝福的观照!
你们爱中的人②,五月美丽的孩子们,

　　恬静的玫瑰,百合,我仍这样称呼你们!
春天脚步匆匆,一年紧催一年,

　　斗转星移,纷争不息,时间这样呼啸而过
越过凡人的头顶,却瞒不过无忧的眼睛,

---

① 古代的习俗,在节日里头上戴上花环。
② 在奥维德的《海洛和利安得》里,北风是爱情的敌人,北风引发洪水,把海洛和利安得分开。

而给爱中的人送去不一样的生活。
因她们都是星辰的时光,她们曾都是
　　狄奥提玛!与我们亲密永恒合为一体。

四

可我们,满足地结伴,如恋爱中的天鹅,
　　当它们在湖边休息,或在波浪上起伏,
低头看着水中,银白的云在水面倒映,
　　而以太的湛蓝在驾舟者间轻波荡漾,
我们就这样在大地游荡。而北风急迫,
　　它,爱的敌人,准备呼啸而来,树叶
从树枝上飘零,在风雨中飞舞,
　　我们平静地微笑,在亲昵的私语中
体验着自己的神;在一首灵魂之歌中,
　　这样孩子般幸福地和我们共享安宁。
可那屋子对我已沉闷,她们已夺走了
　　我的眼睛,我自己也对她们失望。
我因此迷乱失落,不得不如阴影般

生活①,其余的人早已认为我无足轻重。

五

我想要欢庆;可为何? 我想和别人歌唱,
　　可是如此孤独,任何神性皆与我无缘。
这正是我的痼疾,我知道,因为我追求,
　　厄运使我寸步难行,把我甩向我的起点,
我无奈整日呆坐,像儿童一样默默无语,
　　唯从我的眼睛悄悄落下冰凉的泪珠,
田野的植物,飞鸟的啁啾使我忧伤,
　　可它们却是天空的信使携快乐而来,
在我恐惧的胸膛那有灵性的太阳
　　却冰凉枯竭暗淡无光,如夜之烛火,
啊! 一无是处,空空荡荡,如监狱之墙,
　　天空就像把我压弯的重负悬在头顶!

---

① 古人认为,死者在阴间是"无形的"、受苦难的"阴影"。

六

除此我还知道什么！哦青春，祈祷未让
　　你回头，真的没有？无路引导我返回？
如果我也应像那些失去神性者①，从前
　　那些闪亮的眼睛围坐在圣餐的桌边，
可歌舞饮宴的宾客们很快就过饱了，
　　现已缄默无语，在风中的歌声里，
在蓬勃生长的大地上酣睡了，直到将来
　　一种奇迹般的强力迫使他们，沉沦者，
回归，在绿色蔓生的大地上焕然一新。——
　　神圣的气息圣洁地穿流明亮的形体，
当节日充满生气，爱之潮水波推浪涌，
　　被天空滋润，生机跃动的河水声喧哗，
当隆隆之声传来，黑夜向其珍宝致意，
　　被埋藏的金子在溪水里闪闪发光。——

---

① 喻指古希腊神话中的坦塔罗斯(Tantalus)。坦塔罗斯是宙斯之子，因罪被剥夺神性，打入冥间并受到严厉惩罚。作者在一八〇一年十二月四日的信中写道："……我现在担心，我最终将不如那古老的坦塔罗斯……"

七

可是,哦那时当我在你面前沉沦,你

　　仍宽慰地在十字路口为我指点迷津,

你,曾像她,平静而充满激情地教导我,

　　去仰望那伟大者,快乐地歌唱众神;

神之子!你还会那样向我现身和问候,

　　还会那样和我谈论崇高的事物吗?

看!我必定要向你哭诉,当我回想起

　　那尊贵的时光,心灵就觉得羞愧难当。

因我已在大地疲惫的小路太久,太久,

　　我曾在你身边住,在迷途中找寻你,

快乐的保护神!可是徒劳,时光流逝,

　　自我们担心地看见,四周已暮色苍茫。

八

你的光明护佑你,哦女英雄[①]!在光明中

[①] 在奥维德的《女杰书简》中,女性以张扬的爱情举动而出名,被称为"女英雄"。

你的忍耐挚爱地保护你,哦善良者!
你从未有过孤独;伙伴不可胜数,
　　你在岁月的玫瑰丛中盛开和安宁;
而天父,他本人,通过轻吐芬芳①的缪斯
　　向你唱出亲切温柔的摇篮曲。
呀!这不是她的全部!这个雅典女人
　　正自顶至踵静悄悄演化,浮现我眼前。
友好的精灵!你的光辉如何从明朗
　　博思的额头赐福、可靠地降临人间;
你这样向我证明并告知我,要我把它
　　转告别人,因为别人也不相信,
快乐所以不朽,是因为有忧虑和愤懑,
　　而金色的日子却每天都在终结。

九

为此我也要感恩,你们天神!并最终
　　从轻松的肺腑重又吟出歌手的祷文。

---

① 轻吐芬芳(sanftumatmend),静悄悄演变(stillherwandelnd),明朗博思(heitersinnend),这些复合词都具有典型的荷马风格。

当我和她,一起站在洒满阳光的高处,
  寺庙的一个神灵兴致勃勃与我攀谈。
因此我要活着!绿荫葱茏!如古琴之圣音
  它从阿波罗银色的山巅向这里呼唤!
来吧!仿佛梦幻!滴血的羽翼啊已然
  痊愈,所有的希望重焕青春的活力。
寻找伟人,已太多,以致多余,谁这样
  爱,这样走,他必须循通往众神之路。
你们引导我们,你们赐福之时!诚挚者,
  青春洋溢者!哦留下吧,神圣的渴望,
你们虔诚的请求!你们的激情和所有
  美好的才华,都愿与爱中的人相伴;
和我们长在,直到我们在共同的土地,
  那里,所有的幸福已准备好降临,
那里,鹰之所在,星辰,天父的使者所在,
  那里,缪斯所在,还有英雄和爱中的人,
我们来自四方,在洒满露珠的岛上相会,
  那里我们朝气蓬勃地相聚在花园,
那里歌声真切,春天早已绚丽多彩,
  我们的心灵从新的一年重新开始。

游　子*

我孑然而立,向着非洲干涸的
　　平原凝望;火焰从奥林普向下倾泻。
撕裂者！依旧毫无温柔,因为山脉
　　被神用道道光线撕裂,构成险峰深谷。
可在它们之上没有苍翠欲滴的森林
　　在飒爽的风中茂密、优雅地向上跃动。
高山的额头未饰以花环,它不认识
　　动听的小溪,也少有清泉流过山谷。
没有牛羊散布在正午潺潺流淌的泉边,
　　林中没有好客的屋顶友好地向外张望。
一只诚实的鸟坐在灌木丛,哑无声息,
　　然而游子,这鹳群恐惧而匆忙地逃离。

------

* 同名诗的第二稿本,作于一八〇〇年夏。悲歌体。

我不是为水向你请求,大自然! 大漠中,
 虔诚的骆驼已忠实地为我把水存留。
为了林中的歌吟,啊! 为了父亲的花园,
 我请求迁飞的鸟儿记住家乡。
可你却对我说:这里也有众神和管理,
 其尺规巨大,测量却喜欢用人的手掌。

———

传说激发我,再去别处寻找,
 我乘坐舟船远道而来直上北极。
在雪的躯壳中沉睡着被禁锢的生命,
 漫漫岁月中那铁的沉眠企盼着白昼。
奥林普的双臂未拥抱这片大地已太久
 如同皮格马里翁把情人拥进怀抱。
在这儿他没有用阳光温暖她的心胸,
 在雨露中也未曾对她吐露友爱之情;
对此我感到惊异,我愚蠢地说:哦母亲
 大地! 因此你像寡妇,无聊地打发时光?
既不生儿育女,也不爱抚照料,未老
 先衰,连自己都不想看见,形同死者。

也许将来,你会从天之光焰得到温暖,

    它的气息把你从枯竭的睡眠中唤醒;
你像一粒种子,冲破坚硬的荚壳,

    萌芽而出,光明向新生的世界致意,
所有积蓄的力量在蓬勃的春天燃烧,

    玫瑰盛开,葡萄酒在贫瘠的北方喷涌。

我说着,就来到莱茵河边,回到了故乡,

    青春的风啊,像从前一样摩挲着我;
可信赖的宽广的树林啊,抚慰着我

    激动的心,它们曾搂抱着我轻轻摇摆,
圣洁的绿,这极乐、深沉的生命世界的

    创造者,让我青春洋溢,重又变成少年。
我已经老了,因为冰极让我变得苍白,

    而在南方的火焰中,我的鬈发脱落。
可当一个人在垂死的最后的日子,

    远道而来,直至心灵疲惫不堪之时,
再看一眼这片土地,再一次把脸向它

    舒展,即将熄灭的眼睛突然放出光彩。
极乐的莱茵河谷!每座山冈都有葡萄园,

    葡萄叶给围墙和庭院戴上冠冕,

河道中樯桅如云,舟船满载玉液琼浆,
　　城市和岛屿沉醉于美酒和水果。
古老的陶努斯山①寂然高耸,微笑而严峻,
　　橡树装饰的峰顶向宽广的大地俯首。

现在鹿群走出森林,日光冲破云层,
　　鹰在高天里清朗的风中盘旋俯瞰。
可是在河谷里,鲜花从清泉得到滋养,
　　小村庄欢快地散布到草甸的远方。
这里安宁恬适。忙碌的磨坊在远处鸣响,
　　可是声声钟鸣告知我白昼已沉落。
锤打镰刀之声亲切悦耳,农夫的嗓音,
　　在回家的路上正吆喝牲口调整脚步。
母亲与幼儿坐在草地,歌声亲昵可人;
　　目光饱览中时间悄逝;可云彩已嫣红,
波光粼粼的湖边,树林把敞开的院门
　　遮掩成墨绿,金色的光在窗边炫耀,
老屋迎接了我,还有庭院的家的幽暗,
　　父亲曾在此用植物亲切地把我抚养;

---

① 陶努斯山(Taunus),德国莱茵河沿岸片岩山的一部分。

我自由,如生双翼,嬉戏在风中的树枝,
　　或在树林之冠向着诚实的蓝天仰望。
你从来就是忠诚的,游子至今仍忠诚,
　　故乡的天空,你依然友善地收下我。

桃树还为我长高,那些花朵让我惊奇,
　　长着玫瑰的灌木,像大树亭亭玉立。
我的樱桃树沉甸甸坠满暗红的果实,
　　采摘的手已不由自主伸向它的枝条。
小路依旧吸引我走出庭院,走向森林,
　　更自由的阔叶林,或来到我曾躺卧的
小溪边,预感的船夫为着男人的荣誉
　　欣赏那勇气;你们的传说可能是,我
在海上航行,你们强力者!却在荒漠中,
　　啊!徒劳地寻找我,还有父亲和母亲。
他们何在?你沉默?犹豫?老屋的看护者!
　　可我也在犹豫!我走近时,计算着
脚步,到了,像一个朝觐者,无声地站着。
　　可我走了进去,通报那陌生人,那儿子,
双臂张开了,把她祝福的胸怀给予我,
　　我被赐福了,那门槛又一次赐予了我!

可是我已预感,他们现对我已陷入

  神圣的陌生感,他们的爱再不会重归。

父亲和母亲何在?如果朋友们还活着,他们

  已有新的朋友,再也不是我的朋友了。

我会来的,如从前,称呼那些旧的爱的

  名字,发誓只要心还在跳,就不改初衷,

可他们都将沉默。时间如此与人结缘

  或诀别。于他们我已死,诚如他们于我。

我就这样身单影只。可你却高居云端,

  祖国的父亲!强大的以太!还有你,大地

和光明!你们浑然一体,掌管并爱着,

  永恒的众神!我与你们,纽带永不断裂。

我曾从你们中走出,与你们一起漫游,

  你们,快乐者,我把你们带入体验之中。

我对此已知足,从莱茵河温暖的群山

  直至苍天,丰盛的美酒斟满了杯盏!

我首先为众神和英雄的怀念,水手们

  干杯,然后也为你们,最信赖者!干杯!

父母和朋友!忘却今天和明天的辛劳

  和所有苦痛并很快地沉入故乡的泥土。

致一位女订婚者*

那分别时的眼泪,分别时的
　　拥抱,你的眼睛对他的祝福,——
　　　预示着我想为你歌唱
　　　　这个爱所有神奇的命运。

尽管眼前,年轻的天才! 你既
　　美丽又孤独,只能自娱自乐,
　　　从自己的精神和爱的
　　　　心声中诞生出缪斯之女。

但是幸福的当前却有不同,

---

*　约作于一八〇〇年秋。阿尔开俄斯颂诗体。

当你的心认出这新发现的目光①,
　你在他关注下重又
　　在金色云中②平和地变化。

此时阳光照耀着他,也安慰
　和催促他,他却在田野安睡,
　　这爱之星③,而内心总把
　　　晴朗的日子积攒到最后。

当他到来时,这飞逝的,爱的
　时间消失得越来越快,你的
　　婚期临近,幸福之星的
　　　照耀已经让人沉入醉意——

不,你们情人! 不,我决不嫉妒
　你们! 如花卉生长需要阳光,

---

① 此行原文音节数为十三个,超出正常的格律。
② 在金色云中(in goldener Wolke),象征与借喻"金色的云"作为神祇的象征,此处被归于爱的清澄、神性的力量。参见歌德《冬天到哈尔茨山的旅行》:"可是孤独者被包裹于/你的金色云中,/……哦爱……!"
③ 爱之星(Der Liebe Stern),指维纳斯。

诗人也喜欢倚靠梦中
　　美人,幸福而贫困地生活。

斯图加特*

——致齐格弗里德·施密特

一

幸福重又被体验。危险的干旱已消退,
　　而炽烈的光也不再炙烤花朵。
一个大厅现在重又敞开,花园也健康了,
　　得到雨水的滋润,闪光的河谷水声喧哗,
植物茂盛地生长,小溪涨水了,所有
　　被缚的羽翼重新在歌声的王国里翱翔①。
现在欢快的风劲吹,城市和树林

---

* 出现于一八〇〇年秋。悲歌体。齐格弗里德·施密特(Siegfried Schmid),作者在霍姆堡时的朋友之一。
① 在雨中,鸟儿不飞也不鸣叫,它们在更多的"风"中恢复生气。

都被满足的天之孩子们挤满。
他们欢乐相聚,迷乱交往,
 无忧无虑,一切似乎都太少,又太多。
因为内心已如此安排,为展现优雅气度,
 她,这机敏者,赠予他们一个神之精神①。
可是漫游者们也有正确的引导和足够的
 花环和歌声,他们还有自己用葡萄的藤
和叶精心装饰的神圣的手杖以及云杉的
 树荫;从村庄到村庄一路欢呼,日复一日,
如同自由的野兽牵拉的大车②,群山
 推着它前行,小路负载着它也催促它。

二

可你是不是要说,那大门无谓地
 展现眼前,道路却由神快乐地修筑?
给宴会送去丰盛的美味佳肴连同美酒
 还有啤酒、蜂蜜和水果,难道不是枉费心机?

---

① 鸟儿像蜜蜂那样,在古代诗歌中也是最接近神性的生物。
② 在古希腊神话中,酒神狄俄尼索斯乘坐由豹拉的大车(在罗马神话中是虎拉的车),在秋天的葡萄酒节,酒神癫狂地"欢呼"驰骋。

夜难道不曾把紫色之光送给节日歌会,

  并给朋友深情的交谈送去清凉和安宁?

坚守诚挚之心,攒下一个冬天,你将得到

  自由,如你有耐心,在五月享受自由的祝福。

现在是别人的痛苦,现在来吧,欢庆秋季

  古老的习俗,现在高贵者还与我们同乐。

一个人仅有这一天,把他自己的生命

  奉献给祖国和牺牲者的节日火焰。

为此这共同的神喊喊喳喳为我们戴上花冠,

  并把自己的心智如珍珠般溶于美酒。

那尊贵的餐桌即意味着,我们像蜜蜂

  围绕着橡树那样①,围坐在桌边歌唱,

此时高脚杯碰响,合唱把纷争不息的

  男人们野性的心灵聚拢在一起。

三

可我们并未因此,如同那大智大慧者,

  逃离正在迫近的时间,我正迎面而来,

---

① 古代人们就认为,橡树上会滴下"蜜露",因而蜜蜂喜欢围绕橡树。

直至大地的边界,那里蓝色的水

　　流过我可爱的出生地和河心小岛,

那对我是神圣之地,在两岸,岸上岩石,

　　从波涛中凸起,其上花园和房屋一片葱绿①。

我们在那里相会;哦善良的光! 在那里

　　你体贴的光芒第一次把我,把我朗照。

那里过去和现在爱的生活重新开始;

　　可我看见了父亲的墓地并为你哭泣了吗?

哭泣,矜持吧,结交朋友并聆听那话语,

　　它曾以天空之艺术治愈我爱的伤痛。

别人已醒! 我必须向他列举国之英雄,

　　巴巴罗萨②! 还有你,善良的克里斯托弗,和你,

康拉丁! 如你之陨落,强者倒下,常青藤

　　苍翠地攀上岩石,醉汉③的枝叶覆盖着城堡,

然而往事,如未来,对歌手们都是神圣,

　　在秋日里我们为那阴影忏悔。

---

① 作者的故乡劳芬在内卡河的两岸,当地的行政机关坐落在河心岛上,岛上有古堡的花园和房屋。一七七二年作者的父亲在那里去世。
② 巴巴罗萨、克里斯托弗、康拉丁,历史上巴登-符腾堡和施瓦本的地方行政长官。
③ 醉汉,这里指酒神狄俄尼索斯,又叫巴克库斯(Bacchus)。

四

回想那些强者以及让人肃然起敬的命运,
　　自身却无所作为,平淡无奇,然而从以太
俯瞰,如古人般虔诚,这神抚育的
　　快乐的诗人们,我们愉悦地在大地上迁移。
成长到处都了不起。从那最遥远的深山
　　走出很多少年,丘陵在此渐渐低缓。
清泉从那里淙淙而来,千百条勤快的小溪,
　　日夜向下奔流,造就了土地。
然而大师在土地上耕耘,内卡河水
　　开出条条沟壑,赐福于沿途。
意大利的风随它而来,大海送来
　　它的云彩,还随之送来灿烂阳光。
那取之不尽的丰硕几乎在我们头顶
　　生长,因为在此,在这平原把富足的
财富带给爱,带给农夫,然而没有人
　　嫉妒山坡上那花园,那美酒,
或者那茂盛的青草和谷物以及苍翠欲滴的
　　树林,它们沿着路边傲居于漫步者的头顶。

五

可此时我们察看,那巨大的快乐已颠覆,
  道路和时光逃离我们,仿佛我们沉醉不醒。
因为这座用神圣花冠装饰的城市
  已备受赞赏,她庄严的头熠熠生辉。
她高贵地矗立,让葡萄藤和冷杉林
  高高地耸入极乐的紫色云中。
你是我们,宾客和儿子[①]喜爱的,哦故乡的女侯爵!
  幸福的斯图加特,友善地收下我这陌生人!
你总是赞同用笛子和弦乐伴奏的歌声,
  如我所相信,当代精神中这些幼稚的
唠叨和对辛劳惬意的健忘,
  为此你也乐意取悦那些歌手的心。
可是你们,你们伟人,你们快活者,沉迷
  生活和支配,要认清,或者强力者也如此,
当你们在神圣的夜辛劳工作和孤独地统治

[①] "宾客"指诗的题献者施密特,"儿子"即作者,也就是施瓦本故乡的儿子,把宾客施密特带到了斯图加特。

并把一个预感的民族有力地托向高天，
直至少年们在那高处想起父辈，
　　那审慎者成熟而聪颖地站立你们面前——

六

祖国的天使！哦你们，在你们面前目光
　　依然炯炯，却有个别的人屈膝下跪，
他必须求助朋友并乞求那高贵者，
　　请他们与他一起承担那幸运的重负，
哦善良者，多亏他及其他所有的人，
　　把我的生命，我的财富置于凡人之中。
可黑夜降临！让我们抓紧，今日就庆贺
　　那秋之节日！心中满怀期望，而生命短促，
天空之白昼命令我们所言说之物，
　　要称呼之人，我的施密特！对我们两个并不够。
我带给你杰出之品格，快乐之火将高高地
　　燃烧，圣者应当说出那勇敢的话语。
看吧！它是纯净的！神之友好的馈赠
　　由我们分享，它们只能在爱心者之中。
别的人不可以——哦来吧！哦让梦想成真！因我

身单影只,难道没有人从我的额头拿走那梦?
来吧,你们爱的人,伸出手来!那应当足够,
　然而我们把更强烈的愿望给子孙留存。

面包和美酒 *

——致海因泽

一

城市四周静谧安然；灯火通明的街巷悄无声息，
　　装点着火炬的车辆，辚辚辚辚地驶离。
人们尽享白天的欢乐，酒足饭饱地回家歇息，
　　一个勤思的头脑权衡着得与失，
心满意足地待在家里；既无葡萄也无花卉，
　　又无手工的劳作，忙碌的市场归于平静。
可从各家的花园远远传来弦乐；也许，
　　一个恋爱者在那里弹奏或是一个孤独者
思念远方的朋友和青年的时光；而清泉

---

* 写于一八〇〇年冬至一八〇一年。悲歌体。

却潺潺不息,在芬芳四溢的花圃旁流淌。
在静默迷蒙的风中传来敲打的钟声,
　　一个守夜人吆喝着钟点的时刻。
此时一阵风吹来,小树林树梢轻摇,
　　看! 我们大地的影像之景,明月
此时也悄悄升起;如痴如醉的夜到来了,
　　星汉璀璨,我们心头几无忧愁,
那惊艳的光,人群中那个陌生的少女
　　忧伤而华丽地越过群山之巅姗姗而来。

二

崇高者的恩宠多么奇妙,无人知晓
　　他们从何而来,也未知他们发生了什么。
世界就这样触动他们和人类期望的心灵,
　　连智者也不理解,她准备好了什么,因为
这是非常爱你①的至高之神之所愿,因此,
　　那审慎之白昼,像她一样,对你尤爱。

---

① 你,指本诗的题献者海因泽。威廉·海因泽(1749—1803)是小说《阿尔丁海洛》的作者。作者于一七九六年夏和苏赛特·龚塔尔特及海因泽一起经过卡塞尔去德利斯堡旅行和小住,以躲避战乱。

可是清澈明亮的眼睛偶尔却喜欢阴影

　　并凭着兴致,在它变成痛苦之前,尝试睡眠,
或者一个诚实的人也喜欢向黑夜窥探,

　　是啊,应当授予她花冠和颂歌,
因她已让那迷失者和死者变得神圣,

　　可她自身却已永存最自由的心灵。
可她必须赐予我们,在那迟疑的片刻,

　　在那黑暗中对于我们是可持久的片刻,
赐予我们神圣的沉醉中的酣畅,

　　赐予那流水般的话语,像爱中之人一样,
无眠以及斟满的高脚杯和更勇敢的生活,

　　还有神圣的记忆,不眠之夜。

三

徒劳地把心隐藏于胸,同样徒劳地

　　保持着勇气,我们,大师和学徒,因为
谁愿意阻碍它,谁愿意禁止我们的快乐[①]?

　　神的火焰,无论白昼还是黑夜,都会

[①] 狄俄尼索斯既是酒神和诗的灵感之神,也是"快乐"之神。

突然点燃。所以来吧! 我们放眼那旷野,

  我们寻找一个自己的火焰,尽管它同样遥远。

执着坚定于一;它在正午或者它行走

  直至午夜,尺度始终存在,

万物皆同,然而每个人均由自己的命运决定,

  每个人之去和来,全仗他之所能。

为此! 乐天的癫疯者喜欢嘲弄嘲笑者,

  当他在神圣的夜突然领悟了那歌手们。

那么到伊斯特摩斯①来吧! 到那儿去,宽广的大海

  在帕纳索斯喧腾,积雪在德尔斐的悬崖上闪耀,

那里在奥林普的大地,那里在喀泰戎的高处,

  在云杉林下,在葡萄架下,从那里往下

即是底比斯,而伊斯梅诺斯河在卡德摩斯的土地上潺潺流淌,

  未来之神正从那而来,也向那里返回。

四

永生的希腊! 你是所有天空之神的家园,

---

① 伊斯特摩斯和下文的德尔斐、奥林普、喀泰戎、底比斯、伊斯梅诺斯和卡德摩斯都是希腊的地名。

如这是真的,那我们在青春时代听到的是什么?
节庆的大厅!大海即是地坪!山峦权作餐桌,
　　确是为这独一无二的古老习俗而建!
可是王位呢,在哪儿?庙宇、餐盘在哪儿,
　　里面盛满花蜜,还有众神喜爱的歌声?
那么,它们在哪里闪光,那远古而来的格言?
　　德尔斐在沉睡,那巨大的命运在何处喧嚷?
那迅捷者在哪儿?眼前的幸福伴随
　　晴风中隆隆的惊雷,它从何处袭来?
父亲以太!人们曾这样口口声声地呼唤了
　　千百遍,无人独自承受生活;
这善意喜欢与陌生人分享,与他们交换,
　　它将是一次欢呼,词语的伟力在睡意中增长。
父亲!振奋吧!那远古的记号,无论它走多远,都发出
　　回响,它由父母继承,精确而创造地向下传承。
因为天空之神就这样降临,他们的白昼
　　深深地震颤着走出阴影,顺利来到人间。

五

他们悄然而至,孩子们争着向他们

  迎去,幸福即临,过于明亮,过于光辉夺目,

而人畏惧他们,一个半神几乎不知道要说,

  他们姓甚名谁,他们带着礼物向他走近。

可他们的勇气却巨大,他们的欢乐充满

  他的心,他却不知道需要这善意,

创造,糟蹋,非神性之作为几乎使他成为神性,

  他用祝福的手真诚而善意地打动他们。

天空之神竭力容忍着;然而他们

  显出真身亲临,人们将习惯幸福

和白昼,要观看那可见者,他的脸,

  早已被称为一即万有①,

缄默的心胸深处被自由的满足填满,

  最先并唯一地为所有的渴望高兴;

这个人即是如此;当善意在此,一个神带着恩赐

  为他担忧,他却既认不出也看不见。

---

① 一即万有(Eins und Alles),自赫拉克利特以来泛神论的核心观念。

从前他必须忍受;然而现在他已指认了他的最爱,

  现在,现在话语必定为此像鲜花一样缤纷绚丽。

六

而现在他敏思真诚地崇敬那极乐的众神,

  必须真实并诚心地把他们的赞扬昭示天下。

上苍不悦之物,光明无需给予任何观照,

  想要偷懒者不应该面对以太。

因此在天神之当面必须举止庄重,

  各地人民排成优雅队列

秩序井然,建造的美丽庙宇和城市

  坚固而气派,并且越过海岸向上攀升——

可他们何在?那大名鼎鼎的节日王冠在何处耀显?

  底比斯枯萎了,还有雅典;奥林匹亚已不再耳闻

武器的铿锵,格斗表演的金色战车也不再隆隆驶过,

  科林斯的战船永不再戴上花冠了吗?

为什么连那古老的神圣的剧院[①]也沉默了?

  为何就连那神赐的歌舞也不再欢庆?

---

① 剧院对于古希腊城邦的生活具有非常重要的意义。

为什么神不再像过去给男人的额头涂上标记,
　　也不像过去给遇见者盖上图章?
或者他亲身前来,装扮成人的形象
　　并且慰藉地完成和结束这天空的节日。

七

可是朋友!我们来得太晚。尽管众神仍在,
　　可已在高高的头顶之另一世界。
他们的法力永无穷尽,似乎很少关注,
　　我们是否还活着,天神如此爱惜我们。
因为他们未能始终握持那脆弱的容器,
　　人只能暂时地承受起神祇的丰满。
因此生命即是他们的梦幻。可是迷离错乱
　　如瞌睡般推波助澜,使苦难深重,长夜漫漫,
直至英雄们在那坚不可摧的摇篮里成长,
　　心中如天神般充满力量,一如既往。
他们如雷电滚滚而来。此间我却常以为
　　不如安睡,似乎无人与我志同道合,
我如此期待,想要在此时做些说些什么,
　　我不知道,诗人在这贫寒时代有何意义?

可你却说,他们如同酒神的神圣祭司们,
　　在神圣的夜里从一地往另一地迁移。

八

因为,当不久以前,我们还以为它很漫长,
　　它们却一起向上升去,享受生活的喜悦,
当父亲把他的脸背向人们,
　　而带着正义的悲伤开始越过大地,
当最后一个安静的守护神显现,从天空
　　给予慰藉,他宣告了白昼的结束,消失时
留下了标记,他曾在此并将
　　重返,这天空的圣乐队回赠一些礼物,
这人间的礼物,我们依旧能自娱自乐,
　　因与神灵之同乐,伟大者在人间
将过于伟大,而对于至高的极乐,仍然,
　　仍然缺少强力者,可仍有一些感恩默默生存。
面包是大地的果实,然而它是光明所赐,
　　而美酒之乐却来自那惊雷隆隆之神。
为此我们也感恩那天空之神,他们
　　曾在此并适时而归,

为此歌手亦以真诚歌颂那酒神

  并毫无虚情假意对那古老者大声赞颂。

九

对呀！他们言之有理,他用夜与昼谐调,

  引导天空之群星永恒地落下、升起,

如常青的云杉树叶般永远快快乐乐,

  他爱那树叶,那花冠,他从常青藤①中选中,

当他仍在,那遁逃之众神的踪迹

  把那无神性者带入了暗黑者之中。

神子们②古老的歌所预言,

  看！我们即是那,我们；那是赫斯珀里德的果实！

奇妙并如此之近,似乎已实现与人亲近,

  相信吧,有人会检验它！可是意外接踵而至,

无所作为,因我们都无心,阴影一般,直至我们的

  父亲以太认出每一个人并听到所有的歌声。

---

① 对于狄俄尼索斯,常青藤是仅次于葡萄藤的最神圣植物。
② 喻指《圣经》,因为其中经常提到"神子们",此意味着古代和基督教信仰的融合。

可就在此时,作为最高之子的火炬手,
  那个叙利亚的,降临在阴影之下。
极乐的智者明察之;一个微笑从被禁锢的
  心灵中闪耀,心灵的眼睛①流露出光芒。
泰坦在大地的怀抱里温柔地进入梦乡和睡眠,
  即使嫉羡者,即使哲布鲁斯②也畅饮和酣睡。

---

① 喻指黑夜和白昼。
② 哲布鲁斯(Cerberus),古希腊神话中地狱的看门狗。

还 乡*

——致亲人

一

阿尔卑斯山中依然是明亮的夜①,云
　　编织着欢乐,覆盖着昏沉沉的山谷。
调情的山风来回奔突激荡,
　　一束光倏然闪过冷杉林,转瞬即逝。
快活而又恐怖的混乱在悠闲而急迫地挣扎,
　　年轻而强壮的形象在悬崖下欢庆着
爱的争执,它在无限的束缚中发酵震荡,

---

* 本诗为作者一八〇一年春从瑞士返回家乡不久写作。悲歌体。
① 明亮的夜(helle Nacht),矛盾的修辞法在这里是用传统的手法表现宇宙的"混沌",同样的还有"悠闲而急迫""爱的争执"。

因为早晨正从放纵不羁中升起。

因为年复一年，无休止地生长，神圣的

  时日在那里，它们既秩序鲜明，又混合杂乱。

雷鸟觉察到了时间，它滞留在群山

  之间，也停留在高风中，呼唤白昼。

此时小村庄也警觉地注视着群山深处，

  它无所畏惧，在群峰之中它信任巅峰。

成长是相似的，因为古老的水源，如闪电般

  坠落，大地在震荡中湿气氤氲，

回声扩散开来，而那无法估测的工场

  在昼夜运作，施舍被给予贫者。

二

银色的光从高天里静静地照耀，

  巅峰上闪闪发光的雪渲染成玫瑰色。

而在更高的光明之上，居住着纯粹的

  极乐之神，为神圣光线的嬉戏而愉悦。

他独居静默之中，他的面容光洁明亮，

  这以太的神似乎要俯身给予生命，

与我们一起创造欢乐，如通常，因上帝

精通尺规,精于显现,并也踌躇而爱惜地
把真正的幸福赐予城市和村庄,并降下
　　温润的雨,让大地复苏,浓云散去,还把
你们,最亲密的风,还有你们,妩媚的春天送来,
　　并用缓缓的手让悲伤者破涕为笑,
当他,创造者,更新四季,让衰老着的
　　人们沉寂的心复苏,感动,
并且潜入深处,开启和启迪。
　　他如何去爱,现在一个生命重又开始,
与过去一样焕发出美丽,曾经的精神复归,
　　快乐的勇气重又张开了双翼。

三

我对他说了很多,因为,凡创作者感受
　　或歌吟的,大多与天使和他有涉;
我请求很多人热爱祖国,为的是不要等
　　神灵突然不请自来对我们发号施令;
也有很多是对你们,在祖国操劳的人们,
　　这逃亡者微笑着给他们带去神圣的感激,
同胞们!为了你们,当博登湖摇晃我之际,

那行船者却静坐着享受航行。
远远的湖面上,那里曾经千帆竞渡,
　　荡漾着一片喜悦,而现在城市在早晨
已清晰明亮,从阿尔卑斯山的阴影里
　　船被引导着驶来,现正静静地泊在港湾。
这里有温暖的湖岸,友好的敞开的山谷,
　　美丽的小径闪着绿荫的光,淡淡地映照我。
座座花园比肩而立,朵朵蓓蕾闪着光亮,
　　鸟雀的鸣唱则把漫游者邀请。
一切都显得亲切,应接不暇的问候都好像
　　来自朋友,每张脸上的表情也仿佛都是亲人。

四

生我的土地,是自由的!故乡的泥土啊,
　　你正在寻找的,就在眼前,已经与你碰面。
即使你还未像一个儿子站在人声鼎沸的门边
　　并看见和搜寻对你来说亲爱的名字,
极乐的林道①啊,用歌声迎接浪迹的游子!

---

① 林道(Lindau),德国西南边境的城市,在博登湖畔。

这片土地上好客的门户中,这是其一,
从这里走向诱人的,众人向往的远方,
　　那里,是奇迹之地,那里,是神的莽莽苍苍,
被莱茵平原上向高处延伸的、冒险的轨道冲破了,
　　欢腾的山谷冲出山岩,
从那里走进明亮的群山,向着科摩①漫游,
　　或者从这里,如同昼日的转换,去往广阔的博
　　　登湖②;
可是更向往你的是我,你恩赐的门户!
　　去往故乡,那里我熟悉的道路正光鲜明丽,
去那里访问大地和内卡河美丽的河谷,
　　还有那森林,神圣的树木郁郁葱葱,那里
橡树喜欢与高高的白桦和山毛榉依偎而立,
　　在山里有一个地方友好地将我俘获。

五

在那里他们迎接我。哦城市的声音,母亲的声音!

---

① 科摩(Komo),中古时代以来,从奥格斯堡经由林道、科摩去往意大利米兰的商道。
② 博登湖(Bodensee),德国、瑞士和奥地利三国交界处的湖泊。

哦你出现了，你让久已耳闻的我激动不已！
因为它们仍一如既往！阳光依然灿烂，还有欢乐，
  哦你们最亲爱的！双眸甚至比过去更明亮了。
是啊！旧的依旧！它成长着，成熟着，然而
  没有任何仍在这里生活和爱着的，能让诚实回归。
那最好的，那在神圣的和平的拱门①下的
  发现物，它抚养着少年和老年。
我说得傻里傻气。那即是快乐。可是明天和以后
  当我们去生气勃勃的田野观看
在春天的节日里树木鲜花烂漫，
  我要和你们，亲爱的！谈论很多，期待很多。
我已听伟大的父亲说了很多，也
  长时间地和他沉默，他为在高处
漫游的时光振奋，支配着那即将
  延续我们的天赐的群山，呼唤着
更嘹亮的歌声并派遣很多善良的天使。哦不要犹豫，
  来吧，朝气蓬勃的你们！年岁的天使！还有你们，

---

① 神圣的和平的拱门（des heiligen Friedens Bogen），指雨后的彩虹。

六

房屋的天使①,来吧! 在生命所有的血管里,
  所有的快乐都同样,天空之物以此分配了!
尊贵了! 年轻了! 并非别的,而是人性的善意,
  不要每天有一个小时没有快乐和
这样的欢愉,如现在,亲爱的人们重又找到,
  就像风俗上视为神圣的,属于他们。
当我们在宴会上祝福,我应当称呼谁? 而当我们
  安享每天的生活,我如何表达感恩?
我要为此称呼上苍吗? 神不喜欢粗鲁地
  理解他,我们的快乐太小了。
我们须常常沉默;神圣的名字缺乏,
  心在跳动,而言谈却滞后了吗?
可是器乐的演奏却让每个小时都得到乐音,
  并可能取悦了上苍,他们就在近旁。
准备好演奏吧,这能使忧虑
  得以消解,它来自快乐者之中。

---

① 天使(Engel),即由"伟大的父"派遣的"善良的精灵""守护神"。

忧虑,如此,无论是否愿意,一个歌者都
　　须把它常记在心,可其余的却不要。

诗人的勇气 *

难道芸芸众生皆非你的亲戚,
　　命运女神也不曾亲自哺育你?
　　　　放心地去浪迹吧,
　　　　　　你的人生,无所忧虑!

你经历之一切,皆为赐福于你,
　　皆为你之欢娱! 如有什么让你
　　　　受辱,心灵! 无论有
　　　　　　何遭际,你何去何从?

自从歌声平和地挣脱僵死的

---

* 写作的具体时间不详,第二稿本最晚出现于一八〇一年春。此诗是第二稿本。阿斯克勒庇亚迪颂诗体。

双唇,在苦难和幸运中皆虔诚,
 人类之哲人心灵
  愉悦,我们也曾如此,

我们,大众的歌手,愿置身生者,
 那里众生云集,欢娱,人皆可爱,
  皆坦诚;我们祖先,
   那太阳神,亦是如此,

他赐予穷人和富人快乐时日,
 在飞逝之光阴,把我们,瞬息的
  生灵,如牵引孩童,
   扶正①于金色的护带。

那朱紫的潮水,在等待他,抓持
 他,那里时光到来;看! 高贵之光,
  谙熟自然之变迁,
   沉着镇定走下小径。

---

① 扶正(aufgerichtet),有斯多葛主义的意味。

就这样去吧,因时间一向如此,
　精神从不缺少其权利,欢乐曾
　　在生命的严肃中
　　　死去,却是美丽的死!

诗人的天职 *

河两岸都听到欢乐之神的
　　凯旋,因为他征服了全印度,
　　　年轻的巴克库斯,用神圣的
　　　　美酒唤醒睡梦中的人们。

而你,白昼的天使①! 没有唤醒
　　睡梦中的人们? 给我们法则,
　　　还有生命,大师,你仅有
　　　　征服的权利,如同巴克库斯。

人在屋里,在广大的天空下,

---

* 于一八〇〇年夏开始写作,约一年后完成。阿尔开俄斯颂诗体。
① 白昼的天使,指诗人,把人们从黑夜中唤醒。

除了命运和忧虑,一无所有,
　　当尊贵者,人,因那野兽,
　　　　要勤劳和哺育！另一个就

把忧虑和劳役托付给诗人！
　　那至高者,他为我们所独有,
　　　　友好的心胸共鸣更多,
　　　　　　献给他的颂歌,不断更新。

可是,哦你们天空的一切,及
　　你们源泉,河岸,树林和嘲讽,
　　　　当你抓住那鬈发,先是
　　　　　　感觉美妙,并且无法忘怀

那意想不到的天才,创造者,
　　神一般凌驾我们,让我们的
　　　　神智变得迟钝,如同被
　　　　　　闪电击中一样全身颤栗,

你们在世界上躁动的作为,
　　你们宿命之日,你们骁勇者,

当神镇定地驾驭,马群
　　将暴怒地把他带向何方,

我们应否向你们隐瞒,我们
　　心中响起沉寂久远的悦耳
　　之声,它的鸣响,如大师
　　　之子鲁莽而多余地要让

纯洁的弦乐在玩笑中拨弄?
　　因此你,诗人!已听到东方的
　　　预言和希腊人的歌声
　　　　还有新近的雷声①,因而你

需要把灵魂出卖并且仓促
　　把财富变现,嘲讽中,你否认
　　　那无聊之举,丧失良心
　　　　卖艺而生,如笼中的野兽?

他被芒刺激怒,愤怒中想起

---

① 新近的雷声,指法国革命及其后的战争。

那个源泉并呼唤大师亲自
　　来到,然后在炽烈的
　　　　致命的射击下让你死去。

所有的神性可变卖已太久,
　　所有天空之力已丧失,善良,
　　被狡猾之徒为纵欲而
　　　　耗尽,不知感恩,自以为知。

当崇高者为他们开垦耕地,
　　洒下阳光,带来惊雷,潜望镜
　　将它们一览无遗,它们
　　　　被赋予天空之星的美名。

而父亲随着神圣的夜隐去,
　　为此我们都愿意闭上眼睛。
　　他不爱野性!而无边的
　　　　伟力也不会胁迫天空。

变得明智总是好的。他懂得
　　感恩。他却不能轻易地自持,

喜欢结交,他们懂得帮助,
　　如一个诗人之于其他人。

他无所畏惧,他必须如此,人
　　孤独面对神,纯真护佑着他,
　　既不需武器,也不要诡计,
　　　　持久,直至神之缺失有助。

盲歌手 *

阿瑞斯眼神里那无以名状的痛苦消失了。
　　　　　　　　——索福克勒斯

你在哪儿,年轻的晨光!每每
　　黎明时分唤醒我,你在哪儿?
　　心已苏醒,黑夜却把我
　　　　囚禁在神圣的魔咒之中。

我喜欢在黎明倾听,我喜欢
　　在小山冈等待,但从未白费!
　　不要戏弄我,你美好的,
　　　　你的信使,风,因你总是来,

---

* 出现于一八〇一年夏。阿尔开俄斯颂诗体。

你欣喜万分,循熟悉的小径
　　展现你之美,你在哪儿,光明!
　　　心再次苏醒,那无穷的
　　　　黑夜永远囚禁笼罩着我。

树叶映我青翠葱茏;鲜花也
　　异彩缤纷,如我自己的眼睛;
　　　不远处曾是我的面容,
　　　　它照亮着我和高高天空。

在森林四周我看见天空的
　　羽翼①在飞翔,那时我还年少;
　　　现我独坐寂静,一小时
　　　　又一小时,而在那明亮的

日子我的沉思为我的快乐
　　从爱和痛苦中创作出形象,

---

① 天空的羽翼,指鸟。作者把鸟象征为人间的生活与天空之间的中介。

我聆听远方之声,即使
　　来者并不是友好的救星。

我常在中午听见雷神之声,
　　那钢铁般的巨响由远而近,
　　　它让房屋振动,大地在
　　　　隆隆作响,群山发出回荡。

夜里我听到那救星,我听见
　　他死了,那解放者,让他复活,
　　　雷神从地下向着东方
　　　　急行,而你们跟随他吟游,

我的琴跟随他吟唱!我的爱
　　与他活着,如泉水入河而去,
　　　它向往何方,我必追随,
　　　　在那歧途上跟随着正确。

去哪儿?去哪儿?我听见了你,
　　你美好者!在大地四周吟唱。
　　　在何处终结?那是什么

在云之上,哦我将会如何?

白昼! 白昼! 你高天翻卷的云!
　迎接我! 我的眼睛为你复明。
　　哦年轻的光! 幸运! 古老
　　　重现! 而你却让神灵流失

你来自神圣高脚杯的金泉!
　你葱绿的大地,安宁的摇篮!
　　我的祖宅! 他们的爱情,
　　　曾与我相遇,哦近在咫尺,

哦来吧,快乐,快乐是你们的,
　看得见的人都为你们祝福!
　　哦收下我承受的生命,
　　　那是神从内心赐予我的。

人民之声*

你是神圣青春里的神之声,
　我深信不疑,我至今仍说是!
　　然而萦绕我们智慧的
　　　流水无忧无虑地喧嚷,可

谁不爱它们?它们不断触动
　我的心,听见它们正在远去
　　这充满预兆之声,未循
　　　我轨道,却匆匆流进大海。

因为神思者,太乐意要实现

---

* 根据写于一七九八年六至八月的同名诗的扩写。此诗是第二稿本,写作于一八〇一年。阿尔开俄斯颂诗体。

众神的意愿,竭力想要懂得
　　何是死亡并睁大眼睛
　　　沿着自己的小路去漫游,

循最捷途径回归宇宙;流水
　　即此迸落,寻求安宁,冲激着,
　　　违背它们的意志从暗礁
　　　　到暗礁撕扯这失控的流水

这神奇的渴望向深渊冲去;
　　死亡之欲迷惑无拘无束者,
　　　亦攫住民众和果敢的
　　　　城市,在其尝试最佳者后,

年复一年作品在创作,他们
　　遇到一神圣结局;大地绿茵
　　　静卧于星空之下,如同那
　　　　祈祷者,湮没于尘土之中。

悠久的艺术自如地征服了
　　那些不可模仿之物;人自身,

为敬仰上苍,艺术家用
  自己的手打碎他的作品。

可与人亲切者却不少,他们
  重又爱人,如他们被人所爱,
  这人之轨道却常阻止
  人久在光明中自得其乐。

而不仅那雏鹰,它们被父亲
  扔出鹰巢,不让它们与它太
  长久,而主宰者也用那
    合适的尖刺将我们驱逐。

那已去往静处者,是幸福的,
  和在此之前死去者,及那些
  牺牲者,如头茬收割的
    庄稼,他们已找到一部分。

希腊时,那城市位于桑索斯①,

---

① 桑索斯(Xanthos),当时小亚细亚南部海岸的希腊城市。

此时,相比那宁静的大城市
　　她经历过一次宿命,已
　　　　忘却了白昼神圣的光明。

可他们并非在公开的战场
　　由自己的手丧命。可怕的是,
　　　那里所发生,对于我们
　　　　却是来自东方的奇闻。

她被布鲁图①的善意迷惑。因
　　当火熄灭,他提出帮助他们,
　　　尽管他像是统帅,站在
　　　　面对着城门的包围之中。

可他们从城墙上扔下他所
　　派遣的仆人。火焰即时熊熊
　　燃起,而他们欢呼雀跃,
　　　布鲁图的手向他们伸去

---

① 布鲁图(Marcus Junius Brutus,前85—前42),古罗马时反对凯撒独裁统治的将领,公元前四十二年在与安东尼和屋大维联军的战斗中失败自杀。

但无一可及。呼喊和哀号声
　　四起。男人和妇孺自己投身
　　　火中,男孩从屋顶坠落,
　　　　却被父亲们的剑刺中。

不可取的是,蔑视英雄。然而
　　准备已久,父亲们也因他们
　　　曾被俘,曾英勇地向着
　　　　波斯敌人猛烈地迫近,

火焰被点燃,吞噬河边芦苇,
　　它们找到了开阔地,这城市。
　　　屋宇向着神圣的以太
　　　　飞升,而人随着火焰消失。

后辈们就这样听到,这神奇
　　传说,因它们对于至高者仅
　　　是一个记忆,但也需要
　　　　一个人,为这神圣的作注。

喀 戎 *

你在哪里,冥想者?那须周而
　复始东升西落者,何在,光明?
　　幸我心明亮,虽我愤怒,
　　　惊异的夜却总把我扼制。

故我寻迹林中药草并谛听
　山坡上一头弱兽;却并未白费。

---

* 作者将九首诗发表于《一八〇五年口袋书。致爱情和友谊》,他在给编者的信中称这九首诗为"夜歌"(Nachtgesänge),包括《喀戎》《眼泪》《致期望》《福尔康》《苦闷》《酒童》《生命的半程》《生命之年岁》《哈尔特角》。阿尔开俄斯颂诗体。

喀戎(Chiron),古希腊神话中半人半马的神怪,克洛诺斯神和海中仙女菲吕拉之子,居住在佩利昂山下,智慧超群,善采药草治病,能观天象,亦能教书育人。由于误中海格力斯的毒箭,他放弃了自己的永生,以换取普罗米修斯的解放。后喀戎被安置在天上,与群星并列,即人马座。

决非假象,你的鸟雀重

　　　　又鸣唱;因你也准备光临,

马驹或庭院使你振奋,足智

　　多谋,因心事①;你在哪儿,光明?

　　心重又明亮,而强大的

　　　　夜永远无情地把我攫住。

我曾幸福。大地总把第一束

　　红花,百里香和谷物给予我。

　　在清冷中我学习辨星,

　　　　仅限叫得出名字。对于我

荒野不再迷人,宙斯之奴,那

　　正直半神②,耕作这悲凉荒野;

　　现我寂寞独坐,一小时

　　　　又一小时,诸多各式形象

---

① 光明之神阿波罗去见喀戎,为爱情之事("因心事")向他请教。
② 那正直半神,指海格力斯,因为他是主神宙斯和凡人母亲的儿子,所以称为"半神",他是耕作的象征,因为他在历史的早期就以自己的英雄行为驯服了原始的自然。

从新鲜大地和爱之云创造,
　　毒箭穿行我们之间①,我凝思;
　　我向远处倾听,是否有
　　　　一友善的救星向我而来。

于是中午我常闻雷神之车
　　由远及近,这最熟悉之巨响,
　　当房屋震颤,大地荡涤
　　　　自身,痛苦之声往复震荡。

于是夜里我听见那救星,我
　　听见他死去,这解放者,下面
　　青草茂盛,如在幻觉中
　　　　我观大地,一团熊熊烈焰;

日复一日,当一日关注其余,
　　如何可爱或可恶,即感痛楚,

---

①　喀戎曾因失误被海格力斯的毒箭射中。

因其二元复合①,成一体,
   无一能认知何者为最佳;

然而那是神之锐刺;决不会
   有一个人喜爱神祇之无理。
   可此神却是本乡本土,
       而眼前大地却另有所源。

白昼!白昼!你们又顺畅呼吸;
   目光饱览,你们,我溪边草场!
   正确的足迹延伸②,俨然
       一位统治者,脚蹬马刺,你

自身却属一地,白昼之迷星③,
   你亦是,哦大地,和平的摇篮,
   还有你,祖辈老屋,古旧

---

① 二元复合,指喀戎是半人半马的生物。
② 正确的足迹延伸,指喀戎不仅是"正直的",而且还是最先教导人类权利和法则的生物。
③ 白昼之迷星(Irrstern des Tages),作者指的是太阳。根据哥白尼的日心说,太阳是固定不动的恒星,所以,"你自身却属一地"。

风貌,在野性之云中消散。

跨上战马吧,披上铠甲,手执
  轻盈长矛,哦少年!预言必定
  应验,不要徒劳地等待,
    直至其显现,海格力斯回归①。

---

① 传说中喀戎中了毒箭,生命垂危,只有等到海格力斯回归,才能得救。

苦 闷*

天下芸芸众生难道你不认识?
　你未曾涉足真理,如踏上地毯?
　　我的天才①! 勇敢地
　　　走进生活,不要忧愁!

曾有过的一切,对你至关重要!
　都让你心生愉悦,或也会让你
　　深受其害,你在此
　　　所遭际,将如何应对?

---

* 阿斯克勒庇亚迪颂诗体。苦闷(Blödigkeit),在十八世纪有恐惧、胆怯(Ängstlichkeit)、沮丧(Verzagtheit)的意思。
① 我的天才(mein Genius),古罗马人认为 Genius 是个人的、人格的属性,这里指自觉意识。

因上苍同人,一个孤独的生物,
　而上苍本身却让人苦思反省,
　　民歌与诸侯们的
　　　合唱①,门类却是一样

我们,人民的喉舌,愿结伴众生,
　那里众人相聚,快乐人人相像,
　　心地开朗,我们的
　　　父亦如此,上天之神,

他赐予贫者和富人思考之日,
　为时光转换,把我们垂死的人
　　扶正于那金色的
　　　护带上,如孩童一般。

我们亦善良并遣一至于某个②,
　我们携艺术而来,从天神之中

---

① 诸侯们的合唱,指诸侯们应缔结和平的条约。作者喜用"合唱"(Chor)表示和谐的共同体。
② 此行原文为:Gut auch sind und geschickt einem zu etwas wir,此处 etwas,按照黑格尔的定义,是"否定之否定"。

带来一。我们自己
却也带着遣送①之手。

---

① 这里"schickliche"(遣送)也有"命运"之义。

生命的半程

黄梨垂挂枝头,
还有野玫瑰盛开,
在湖心的陆地,
你们优雅的天鹅①哟,
因亲吻而沉醉,
于是把头没进
圣洁清醒的湖水②。

我痛苦,当冬天来到,
我在何处采撷鲜花③,哪里
还有太阳的照耀

---

① 从古代直至十九世纪的德国诗歌,常把天鹅作为诗人的象征。
② 真正的诗人气质产生于激情和谨慎的结合,即沉醉和清醒的状态。
③ 此处喻指"语言之花"。

和大地的阴影?
高墙矗立
无语而冷峻,风中
旗帜瑟瑟颤栗。

在多瑙河之源*

因为,仿佛正从高处传来庄严的乐音,神圣的大厅里管风琴,
从永不枯竭的音管中流泄出,
那序曲,早晨开始醒来,
并向四周铺展,从一个厅堂到一个厅堂,
现在新颖清澈的音乐之河在流淌,
直到在冰冷的阴影里屋子
被激越的情怀所充满,
可是现已苏醒,现在,她正在上升,
这节日的太阳,应答
人间的合唱;就这样
那话语从东方向我们而来,

---

* 出现于一八〇一年。赞美诗体。

而在帕纳索斯的岩崖边,在喀泰戎山①,我听到了
哦亚细亚②,听到了你的回声,它在卡皮托里尼③
激荡并突然从阿尔卑斯山向这里而来

一个陌生女人,她来到了
我们身边,这个唤醒者,
这人类制造的声音。
此时惊异攫住了所有
在场者的心而夜
蒙住了最佳者的眼睛。
因为很多是可能的
这潮水和岩崖以及火之强力
均被人以艺术抑制
而那意识崇高者却没有
觉察到那柄剑,可它矗立着

---

① 帕纳索斯是艺术之神阿波罗和缪斯的圣山,在德尔斐河边,是希腊的宗教中心。
② 亚细亚(Asia),作者指的是土耳其的小亚细亚。
③ 卡皮托里尼(Capitolium),意大利罗马的小山,上面建有朱庇特神庙。

在强者的神性面前直劈而下①,

几乎形同野兽;它,
被宝贵的青春所驱使,
不知疲倦地翻越群山
并在正午的炎热中
感觉着自身之力。可是
在嬉戏的风中,那神圣的光
向此处而来,而那快乐的精灵
与清凉的光线来到
极乐的大地,然而它屈服,因它
不习惯那最美丽者并无法入眠,
此时星辰已临近。我们亦如此。因目光有一些
已在那神祇送达的馈赠面前熄灭,

那些友好者,他们从爱奥尼亚,
也从阿拉伯向我们而来,那珍贵的
学说和优美的歌谣之灵性

---

① 从"因为很多是可能的……"到本行,引自作者本人翻译的索福克勒斯的悲剧《安提戈涅》的歌队演唱的歌词。

决不为那些沉睡者所高兴,

然而有一些却醒着①。他们常常满足地

在你们中间,你们美丽城市的市民中间游荡,

在竞技场②,那里英雄们曾隐匿地

坐在诗人们身边,向摔跤者喊叫并微笑着

给予赞扬,那受赞颂者,那些闲散认真的孩子们③。

爱情从古至今永不间断。

诀别了,可为此我们

彼此想念,你们在伊斯特摩斯④,

以及在塞菲斯⑤和泰伊格托斯⑥的快乐的人们,

我们也思慕你们,你们高加索的山谷,

你们已这么古老,你们那里的天堂

还有你的大主教和你的先知,

---

① 指温克尔曼等十八世纪的人文主义者,仍然珍视古代的艺术。
② 竞技场有四个,最著名的是奥林匹亚,其余的在科林斯的伊斯特摩斯,德尔斐和涅墨亚。"诗人们"首先是指品达,他颂扬在四个竞技场举行的竞赛的优胜者,即"英雄们"。
③ 见柏拉图的《蒂迈欧篇》。一个埃及祭司对梭伦说:"哦梭伦,梭伦,你们希腊人永远是孩子。"作者把与自然融为一体的人称为"孩子",此处指竞赛的优胜者,在比赛中既严肃又闲散。
④ 伊斯特摩斯(Isthmos),希腊科林斯地峡的隘口。
⑤ 塞菲斯(Cephyß),雅典附近的河流。
⑥ 泰伊格托斯(Taygetos),希腊伯罗奔尼撒的一座山。

哦亚细亚,你的坚强,哦母亲!
她们无畏地面对世界的符号,
承在肩上的天空和一切命运,
常年在山上扎根,
最早懂得,
独自与神
进行交谈。现在她们沉寂了。可如果你们
你们所有的老人,不说出,你们与神
所说的这些来自何处?
我们称呼你为神圣所需者,我们称呼
你为大自然!并如出浴一般
重新从你之中产生出神性之子。

尽管我们几乎如孤儿般离去;
幸运的是,一切依旧,唯那培育不再;
然而青年怀念童年时代,
屋子里这些依然并不陌生。
他们生命长久,恰如
天神的长子们。
把忠诚赋予我们

心灵并非徒劳。

他们看护的,不仅我们,也有你们。

而对那些圣物,那言辞的武器,

你们,你们命运之子,把我们笨拙者与之分离,撇下

你们善良的神灵,你们也在此处,

每当那神圣的云围绕着一个浮游,

我们就惊异并不知如何解释。

可你们就用诗为我们调节气氛

我们常常因此兴高采烈,抑或一种感觉

突然向我们袭来,而你们对它却特别喜爱

它躁动不安,直至它成为你们中的一个。

你们善良者!轻盈地环绕着我,

为此我愿意留下来,因还有很多要歌唱,

然而现已幸福地哭泣着终结了,

如同一个爱情的传说,

我的歌,它亦如此,

带着羞愧和苍白,

从开始处离我而去。然而一切皆去。

漫 游*

极乐的施瓦本,我的母亲,
还有你,光艳迷人的姐妹,
对面的伦巴第也一样,
千百条溪水穿流而过!
还有森林茂密,姹紫嫣红,
还有幽暗的,喧哗的,墨绿的树叶层层叠叠
瑞士的阿尔卑斯山也用浓荫
遮掩着近邻的你;因为你住在
老屋的炉灶后面,聆听着,
从屋子银色的祭钵里
泉水潺潺流出,被纯净的
双手捧起,当

---

* 出现于一八〇一年春。赞美诗体。

温暖的光线触动

水晶般的冰并且

被轻盈兴奋的光颠覆,

雪峰就用最纯净的水

浇灌大地。因此

忠诚是你的天性。你艰难地离开

那个地方,离开那源头附近居住的一切。

还有你的孩子们,那些城市,

它们在远处暮色苍茫的湖边①,

在内卡河的草场,在莱茵河畔,

那一切都意味着,再没有

别的更好的居处。

可我还是要去高加索!

因为我听到弥散于

风中的传言:

诗人,应当像燕子般自由②。

---

① 指博登湖。
② 燕子在春天从小亚细亚飞来,秋天飞回去。

而在年轻的日子里
无人相信我,
在古老的时代之前
父母们,德意志的世族,曾经
随多瑙河的波涛静静地迁移
在夏天的时节里,他们在这里
寻找阴凉,与太阳的
孩子们一起
来到黑海之滨;
而它并未被人
枉称为好客之海。

因为,当他们第一次看到,
别人已居住在附近;我们的人
也好奇地在橄榄树边坐下。
然而当他们的长袍厮磨,
却又无人能理解
别人各自的言谈,争执
于是发生,如果不是从枝条上
落下清凉的水珠,
争执者们的脸上

常常绽开了笑容,有一会儿
他们静静地抬头仰望,然后向对方
友爱地伸出手去。然后,

他们交换了武器和屋子里
所有心爱的东西,
并互致言辞,友好的父辈们
在结婚的周年纪念时
祈愿的无非是孩子们。
因为从神圣的婚姻中
成长出的,
无论此前和以后
人如何称谓,都是一个更美好的后代①。可是,
亲人们,你们住在哪儿,在哪儿,
好让我们重新庆祝同盟
并怀念尊贵的祖先?

那里在河岸边,在爱奥尼亚的
树下,在卡伊斯特河的平原上,

---

① "更美好的后代"和下文的"你们最美丽的",都是指希腊人。

那里,仙鹤,这上苍的乐天者
被暮色渐暗的山峦围裹;
那里,你们也在等待,你们最美丽的!或者照料
那些群岛,它们或以葡萄美酒闻名,
或以诗歌蜚声海外;还有的住在
塔伊格特山下,在倍受赞誉的希米特斯山边,
现正鲜花盛开;然而从
帕纳索斯河的源头直到摩洛斯①山脉,
金光闪闪的溪流吟唱着
一首永恒的歌;那时候
森林涛声澎湃,就这样
所有的弦乐一起
被天空的温柔弹奏。

哦荷马的国土!
在紫色的樱桃树下或者
你从葡萄园山给我送来
那新鲜的桃子还是青绿的,
燕子们远道而来,好几只在我的墙边

---

① 摩洛斯(Tmolos),小亚细亚的山峰。

呢喃着,建造它们的屋子,
五月的日子里,在满天星斗之下①
我冥思着,哦爱奥尼亚,在你
面前人们正相爱。为此,我来了,
来看望你们,你们众多的岛屿,还有你们,
你们河流的入海口,哦你们忒提斯的大厅,
你们森林,你们,你们,你们伊达的云!

可是我不想留下来。
那被禁锢者并不友好,
难以赢得信任,我逃离她,那位母亲。
她的一个儿子,莱茵河②,
要以强力从她的心旁边坠落,而这位望而却步者
却消失在远方,无人知道他去向何方。
但是我却不愿意这样离去,
我离她而去,只邀请你们,
我去你们那儿,你们希腊的美人,
你们天之圣女们,

---

① 很多星辰用希腊神话的神命名。
② 作者在这里把莱茵河当作施瓦本的儿子,它向北流时,在"母亲的心"附近第一次坠落,然后进入博登湖口,再折向西。

如果旅途太过遥远不能成行,
那么你们到我们这儿来,你们美人儿!

当风呼吸着温馨,
早晨爱的光芒
耐心地射向我们,
轻柔的云映着
我们羞怯的眼睛,
那么,我们要说,你们
美惠三女神①,怎么会来到荒野?
这天空的侍女们
确是奇妙的,
如同所有神祇所生。
在梦中它梦见了他,她们中的
一个暗恋着他,并惩罚
那将用暴力和他较量者;
它常对一个人惊奇,
而那个人却从未想起过它。

---

① 美惠三女神(Charitinnen),光辉女神阿格莱亚(Aglaia),激励女神塔利亚(Thalia),欢乐女神欧佛洛绪涅(Euphrosyne)。

莱茵河*

——致伊萨克·封·辛克莱①

我坐在幽暗的常青藤中,在森林的
入口,此时正值金色的中午②,
我拜访那源头,从
阿尔卑斯山的台阶上下来,
对于我它是神的建造,
根据古老的传说,
它被叫做天之城堡,可在那
神秘之处,有一些确实
与人有关;从那里

---

* 写于一八〇一年春。赞美诗体。莱茵河(Rhein),发源于德国西南部的阿尔卑斯山区,流入北海。
① 伊萨克·封·辛克莱(Isaak von Sinclair),作者的朋友。
② 传统认为中午是灵感的时刻。

我未予猜测就获悉了
一起遭遇,我刚刚
在温暖的阴影里
与人交谈,心灵
就已漂浮到意大利
并远及摩勒亚①的海岸。

可是现在,在深山里,
在银色群峰的深处
和喜悦的绿荫下,
森林面对他颤栗,
岩崖的顶端互相叠压着
向外张望,在那
最寒冷的深渊里
我整日都听到解救那青年的
哀叫,父母怜惜地听见
他如何在怒吼,
听到大地母亲的谴责,
还有雷神,正是他创造了他,然而

---

① 摩勒亚(Morea),在斯拉夫语里,希腊的伯罗奔尼撒被称为摩勒亚。

凡人们从那地方逃遁,
因为太可怕了,黑暗中他
在桎梏中翻滚,
这半神①的狂怒。

这是河流中最尊贵者之声,
这天生自由的莱茵河,
还有其他的河流,他期待着,特辛河②
和罗恩河③,都与之成为兄弟,
他离去了,本想去漫游,那君王般的心灵
不耐烦地驱使他去往亚洲④。
然而愿望在命运面前
是不可理喻的。
然而最盲目的
要数神子们。因为人认出那是
他的屋子,它本应
建造之处,每一地都有

---

① 莱茵河是母亲大地和雷神之子,因而是"半神"。
② 特辛河(Tessin),流经意大利和瑞士的坡河(Po)的支流。
③ 罗恩河(Rhone),法国第二大河,用拉丁文书写是 Rhodanus。
④ 莱茵河先向东流,所以说它"去往亚洲"。

缺陷,他们因此不知道去何处?
而野兽被给予了涉世不深的心灵。

源出清纯者是一个谜。即使
诗歌也无法把它解开。因为
一如你将要出发,你也将留下,
苦难造就的太多了,
还有养育,这大多数
生育都能做到,
而光线,它
照到了新生者。
可是一个人,
要自由地把生命
保持长久,并且把内心的愿望
独自实现,如同
莱茵河,从那优越的高度,
也从那神圣的子宫
幸运地降生,那些会如何呢?

他的话引来一阵欢呼。
他不喜欢像别的孩子,

在襁褓中啼哭；
因为在那里，河岸首先
沿着他悄悄而行，百折不回，
饥渴地缠绕着他，
这粗枝大叶者，
渴望着把他拉进来
并在自己的牙齿里①
悉心地照料，他大笑着
撕碎了那蛇②
并与猎物一起倒下，而在匆忙中
更加巨大的一个却没有驯服他，
而让他自己成长③，他必须闪电般地
把大地撕裂，森林像入魔者一般
追随他逃离，与山峰一起沉陷。

可是一个神将为他的儿子们节省下
那仓促的生命并微笑着，
当他放纵不羁，但被

---

① 在手稿中"牙齿"换成了"咽喉"。
② 指赫拉克勒斯在摇篮里杀死了两条巨蛇。
③ 如果河流被山脉阻挡，它就会生长成湖。

神圣的阿尔卑斯山阻挡,
如那些在深谷里暴怒的河流。
在这样的锻造炉里
一切都被锻造得更纯净,
如同他在其上般美丽,
此后他离群山远去,
知足地在德国的土地上
静悄悄地游荡,而那渴望
在忙碌的事务中静止,当他耕作了这土地
这父亲莱茵河并在他创建的
各城市里把可爱的孩子们哺育。

然而他决没有,决没有忘记。
因为此前住处必定人去
屋空,章程已死亡,人类之日
必将成为灾害,之前
这样一个他必会忘记那发源地
和青春的纯粹之声。
那是谁,他先是

毁了爱之纽带①
又为它们做了绳索?
于是倔强者便
嘲讽自身的权利
也必定嘲讽那天火,于是
鲁莽者心不在焉地
选择人间的小路
并竭力企图跻身众神之列。

可是神具有自身的
不朽已足够,天神
所需仅一物,
英雄和人②
及凡人亦如此。因为
当极乐者感觉的并非自身,
如果此说被准许,
另一个必定以神的名义
同情地感觉到幸福,

---

① 莱茵河把源头所有的纯洁的生命都保存在此在所有的规定中,它创建的纽带是"爱的纽带"。
② 此处强调英雄与神不同,并非"不朽"。

那正是神之所需;然而他们的判决
却是,他摧毁自家的
屋子并将那最心爱者
当作敌人呵斥并把父与子
埋葬在瓦砾下①,
此时却有一个想要像他们一样,且不能
忍受异样,那痴迷者。

由此他感到幸福,他找到了
一个注定要给予幸福的命运,
那里,在坚实的河滩上
蓦然激发起漫步
和甜蜜的对痛苦的记忆,
他渴望着去四处
寻找直至边界
神在他出生时
把那里划为他的居住地。
然后他安静下来,知足常乐,

---

① 喻指赫拉克勒斯。赫拉使他神智错乱,错乱中他摧毁了自己的屋子,他的孩子们和妻子死去。

因为他想要的一切,
那天空之物,不言而喻
就包含其中,现在他微笑着,
因为他已经让那冒失者安静下来。

现在我想到的是半神们
我必须认识那些高贵者,
因为他们的生命常在我
如此渴望的心胸中搏动。
可是你,你坚韧不拔的心灵
如同卢梭,
变得不可遏止,
而更可靠的感觉和
亲切的举止要聆听,
要谈论,他因此像酒神那样,
从神圣的丰裕中,癫狂地神祇般地
并毫无法度地把它们,最清纯的语言①
明白易懂地给予善者,
可是亵渎的奴隶

---

① 喻指神的语言也是自然的语言。

却有权以盲目打击
那无尊严者①,我如何称呼这些陌生人?

大地之子们,像母亲一样,
是最可爱的,所以他们也不费力地
欢迎那些幸运者,所有的人。
它却因此惊呆了
也惊吓了那个凡俗的男人,
当他对天空,对自己用亲切的
双臂堆放到肩上的
天空②和快乐的重负
沉思默想的时候;
于是他似乎常常把那最好的
几乎全遗忘在
光线照不到的地方,
他似乎在森林的阴影中,
在比勒尔湖③新鲜的绿荫里,

---

① 指欧里庇得斯的悲剧《酒神的伴侣》。酒神狄俄尼索斯的对手彭透斯(无尊严者)因为不承认他是神,被他用魔法变成"盲目者"。
② 喻指普罗米修斯的弟弟,巨人阿特拉斯,他必须用肩膀扛着天空。
③ 比勒尔湖(Bieler),在瑞士境内,一七六五年卢梭曾在此避难。

无忧无虑,俨然一个初学者,
模仿着夜莺的歌声。

真美好啊,从神圣的睡眠中此时
升起了,从森林的清凉中
苏醒了,夜晚现在
向着柔和的光明迎去,
此时,山岳的建造者
以及河边小路的标示者,
他微笑着
让人们庸庸碌碌的生活
那单调乏味的生活,如同
用他的风推动船帆那样
让它安静下来,这位建造者①,
善良更多,因为发现了恶,
现在向那位女学生,
这白昼向今天的大地俯下身去。——

---

① 建造者即白昼之神,"今天的大地"是他的女学生,也是他的作品,现在要成为他的未婚妻。作者以天地的联姻喻指宇宙的和谐。

于是欢庆人与神的婚礼,
所有的生者欢庆这节日,
命运暂时
已被抵消。
流亡者寻找简陋的客栈,
而勇敢者得到一个香甜的小憩,
可是爱中的人
却像从前一样,他们
在家里,那里鲜花炫耀着
清纯的火红,而在幽深的树林周围
精灵在呼啸,可是那势不两立者
已经转变,他们急于
要在友好的光明
沉落和黑夜到来之前
向对方伸出手去。

但是有一些匆忙地
迅速走过了场,另一些
却保持得长久。
永恒的众神
任何时候都充满生命力;可是一个人

直到死亡仍能

在记忆中铭记最好的事物，

他因此而体验了那至高之物。

只是每个人有自己的尺度。

因为承受不幸

是艰难的，而承受幸福更难。

然而一个智者却能做到

从正午直到午夜，

再至早晨仍熠熠闪光，

在宴客时保持明亮。

在冷杉林中炎热的小径上

或者橡树林的浓荫里你被包裹于

钢铁之中，我的辛克莱！神显现或

在云中，你认识他，因为你认识青春的

善之力量，主宰者的微笑

从未在白天向你

掩藏，当

生者显得焦躁不安

无法解脱，或者

在夜晚，当一切都混杂模糊，

毫无秩序,远古的
混沌重回。

日耳曼尼亚 *

不是他们,那已显身的极乐者,
那古老国土①上的众神像,
我不应再呼唤他们,可是
你们故乡的水!神圣的悲伤者
正和你们一起怨诉心灵之爱,
除此还会是什么别的?因为这片土地充满了
期待,如同在炎热的日子
自天而降,你们渴望者!今天
充满预感地给我们投下一个天空的阴影。
它满怀希望并似乎已
威胁着我,然而我将留在他这儿,

---

* 作于一八〇一年。赞美诗体。
① 古老的国土,此处指希腊。

我的心灵也不应后退

逃向你们,已故者! 我太爱你们。

因为我想看见你们俊美的面容,

我担心,会像过去一样,死气沉沉,

而未被准许,唤醒那已逝者。

逃脱的众神! 还有你们,当今之神,那时候

你们是真实的,你们曾有你们的时代!

我在此既不否认也不恳求。

因当它已成过去,时日消逝

首先深深伤害了那祭司,然而庙宇和雕像

及其习俗也都怀着爱随他去了

幽暗的土地,而无一能重现光辉。

唯如火葬一般,一缕金色的烟

升起,传言不胫而走,

至今仍疑问重重①萦绕我们心头,

而无人知晓,他为何如此。他感觉到了

过去之事的阴影,

那古老者,如此重访大地。

---

① 此处"疑问重重(zweifelnde)",还有双重的、分裂的意思。

他们应来这儿,催迫我们,
而那神圣的大群神人早已
不再列于蓝天之上。

田野已绿,在严酷时代的序幕中
已为他们培育,用于祭餐的
祭品已备妥,围绕预言群山的
河谷和河流宽广奔流,
让那个人能一直看到
东方,从那里有很多漫游向他而来。
可是从以太降下了
那忠实的形象①,众神无数的格言如雨般
从它飘落,在树林的最深处鸣响。
那鹰,它或许从印度而来,
飞越帕纳索斯的
雪峰,高高越过意大利的献祭山冈,
快乐地带着猎物去寻找

---

① 古老的信仰认为最著名的供膜拜的画像都自天而降。

父亲①,它不像从前那样,而在飞行中更加老练②,
这老练者,欢呼着终于飞越了
阿尔卑斯山并看到了千姿百态的国土。

那位女祭司,神的最安静的女儿,
她,喜欢在深深的单纯中沉默,
他寻找着她,睁大眼睛凝视着,
她似乎不知道,此时一场风暴③
正以死亡胁迫着在她的头顶轰响;
这个孩子却预感着一种更好的④,
而最终变成广阔天空中的一个惊奇,
因一位伟大者相信,那些祝福者,
她们自身即是天空之强力;
于是她们派出信使,他很快就被他们认出,
微笑着想:你,不可击碎者,必须
验证另一句话并高喊,

---

① 指宙斯派他的鹰去劫持该尼墨得斯。
② 已不像过去那样,这文化之河越过阿尔卑斯山抵达日耳曼尼亚的边疆,这块土地在它无历史的状态中还未受触动,也不包括在从东到西,从东方越过希腊到达意大利的文化空间内。
③ 指法国大革命后的战争。
④ 比暴力和战争更好的,人们致力于实现的新秩序。

年轻的①,朝着日耳曼尼亚看看吧:
"你经精心选出,
可爱之极,你已变得坚强
能承担一个沉重的幸运,

自那时,藏在森林里盛开的罂粟花
正沉醉在香甜的酣睡中,你却
未注意我的,很久以前,也仅有极少的人感觉到
这少女的骄傲并惊异你是谁以及从何而来,
而你自己对此一无所知。我没有认错你,
神秘的是,你做梦时,我在中午过后
留给你一个朋友的标记,
一束语言之花,而你在自言自语。
然而你,用众多河流输送那丰富的
金色词语,幸运者!它们流进所有的
地方,源源不断。因为,犹如圣者,
这位母亲是所有人的母亲,
这位隐者还被称为人类的母亲,

---

① 在此之前的鹰是"古老的",而现在它向着新的未来飞翔,因此它是"年轻的"。从此行以下,引号中的都是鹰的话语。

也是爱和忧患的母亲
你充满着预感
心胸中也充满安宁。

哦,畅饮晨风吧,
直到你敞开肺腑,
说说,在你眼前的是什么,
不应当再长久地保守
秘密了,那不能言说之物
它已被遮蔽太久;
因为羞耻感对凡人应适度,
这样说大多时候,
对众神亦同样明智。
可在那金子如清泉般漫溢的①
地方,对天空的愤怒已变得严峻,
一个真实者必须在白昼
和黑夜之间显现一次。
你把它改写三遍,

① 此处"金子"指诗性的富有。

而不能言说的①,仍如原样,
它必须保持清白无邪。

哦,对着神圣大地的母亲
你叫一声女儿。岩石上水声潺潺,
林中风声呼啸,说到它们的名字
仿佛重又来自过去神祇的古老时代。
它是多么不同啊!它令人愉悦地从远处
向未来者放射出光芒并且说着。
然而在时间之中点②
以太静静地与被净化的
少女般的大地生活着
并且为着记忆,
那些无所求者,他们
乐意与那无所求者在节庆的日子
热情好客,
日耳曼尼亚,在那里你是女祭司
在国王和万民身边
毫无戒心地给予忠告。"

---

① 习惯上不能直呼神的名字。
② 指"过去的神祇时间"与"未来的"之中心点。

弗里德里希·荷尔德林的和平庆典*

我请求读者怀着同情心阅读本篇。这样的话它肯定不是难以理解,反而有一点有失体统。倘若因此有人觉得这样一种语言有悖传统,那我必须向你们承认:我只能如此。在一个美好的日子让自己聆听一下各种类型的歌声,这就再次提到了自然,而歌声正来自那儿。

作者本想给公众呈上一本类似的完整的诗集,而本篇仅是一个尝试。

这天空之声,静静回响,
悄悄变换,充盈地

---

* 确切写作时间不详,但作者在一八〇二年末和一八〇三年末的书信中提到此诗。赞美诗体。

飘过这古老的①,

极乐居住的大厅②;在绿色的地毯周围

快乐的云散发幽香,无数最成熟的果实

向远处闪着光,金环装饰的高脚杯,

整齐地排列,从这一端到那一端,

在平整的地面上,

矗立起餐桌宏大的行列。

因为远道而来

在这里享用晚宴时光,

可爱的宾客们③已获邀请。

我已想过那朦胧的眼睛,

对认真的日工④微笑着,

只想看见他自身,这节日之王侯。

然而如果你已否定你的外国,

似乎对长长的英雄行列感到疲惫,

你垂下眼睛,忘记,淡淡地蒙上阴影,

---

① 世界响起新的雷声,鸟雀重新开始鸣唱。
② 指田野的风景。
③ 指神和半神,与人一起共享筵席。
④ 日工(Tagewerk),指一天的工作。

呈现朋友的形象,你众所周知者,然而
崇高者几乎已屈膝。我对你一无所知,
我仅知一点,你不是凡夫俗子。
一位智者愿意为我指明些许;可那里
一个神已然显现。
而这里是别的明澈。

可自今天起他已不,不是非预言者;
而是无惧洪水又不畏火焰者,
令人惊异的是,一切变得安静,即使非现在,
因无论神还是人,再也看不到强权统治。
他们听到的那杰作,
从早至晚①准备已久,现正
以无法估量之势汹涌澎湃,至深处渐渐减弱,
这雷神之回声,这千年的雷暴,
要休憩了,被和平之声掩盖,沉落。
可你们,高贵者,哦你们纯洁无瑕的白昼,
你们也为今天的节日带来,你们的爱!精神
在暮色的宁静中显现;

---

① 喻指从东方到西方不断延续的历史进程。

我必须提议，尽管鬓发已
银灰，哦你们朋友们！
准备花环吧，还有宴饮，现在要像青春永驻的少年。

有一些我要邀请，可是，哦你
深怀对人类真挚友情，
在叙利亚的棕榈树下，
城市坐落附近，你喜欢在泉边；
谷地在周围沙沙作响，静静吮吸
赐福的群山阴影里的清凉，
而亲爱的朋友们，那忠实的云彩，
也向你投下阴凉，因此那圣勇的光线
你的光线，透过蛮荒温柔地照向人类，哦年轻人！
啊！幽深的阴影下，言谈之中，一场死亡的厄运
恐怖地将你笼罩。所有天空之物
如此瞬息而逝；却并非无谓；

因为一个神爱惜地提到人的住房
仅一瞬间，它的尺度随时精确，
没有疏忽，可无人知晓，何时？
那么那坏小子就应对此视而不见，

而野兽必须从终极之地远道
而来这神圣的地方,笨拙地摸索着练习奇思异想,
并在此碰到一个命运,可幸好,
没有人追随这唾手可及的神赐之物;
要理解它须深入察看。
而对我们,恩赐者并未省心
我们早已被炉灶的
赐福自顶至踵点燃。

然而我们所获神性之物
甚多。火焰被赐予我们
手中,还有海岸和海潮。
还有更多,因为以人的方式
那陌生的力量,均与我们取得信任。
而星辰教导你,那
在你眼前的,你无一可与之媲美。
而很多快乐和歌声,均出自
全生命力者,对于他
其中一个是儿子,他是一个安静的强力者,
现在我们认识了他,

因为我们认识父亲①
并要庆祝节日
那至高的,世界之
精神已对人俯下身躯。

因为它对于时间之主宰者久已太大
远超其领域,可它何时已被耗尽?
可神也应选择一次日工,
如同凡人并分担众生的命运。
命运法则即是,所有人都要经历,
当安宁归来,一种语言也应如此。
可无论精神在何处作用,我们亦参与,并争执
何为最佳者。现我所认为最佳者,
即当其建造已完成,大师已成熟,
自己阐释出自他工场之物②,
时间的宁静之神及唯有爱的法则,

---

① 指耶稣。见《圣经·新约·约翰福音》:"你们若认识我,也就认识我的父。"
② 建造(Bild)、大师(Meister)、工场(Werkstätte)以及上文的"工作(Werk)"和"日工(Tagwerk)",都出自柏拉图的《蒂迈欧篇》关于造物主的神话。

那美的平衡者从此处直至天空均有效。

从早晨以来,
自我们交谈并互相聆听,
那个人已体验很多;可片刻我们又歌唱。
而伟大的精神所绽开的时间形象,
作为一个符号置于我们之前,介于他和其余之间的
一个盟约,也是介于他和其他强权之间的盟约①。
并非唯有他,那些非生育者,永恒者,
一切皆可在其上认识,诚如可从植物
认识大地母亲,光明和风亦如此认识。
然而及至最后,你们神圣的强权,对于你们
这爱之符号,你们的
证明乃是,这节日,

这万众相聚的节日,这里天空之物
在神迹之中并不显眼,在风暴中也不可见,
然而在歌唱中却互相热情好客

---

① 《圣经·旧约·创世记》中,上帝说:"我把虹放在云彩中;这就可作我与地立约的记号了。"作者原文用的是 Bündnis,意为"联合""同盟"。

在合唱中出场的,是一个神圣的数字①,
极乐者们以各自的方式
欢聚一堂,而他们所挚爱、
所依恋者,亦不缺席;因我在此召唤
你入席,那已准备就绪的宴饮,
你,不能忘怀者,走向时间的傍晚,
哦年轻人,你走向节日之王侯;在此之前
我们等辈不能入睡,
直至你们所有预言者,
所有你们不朽者,从你们的天空
对我们说,
你们已在我们的屋子。

轻盈呼吸的风啊
已向你们预告,
烟雾升腾的山谷向你们宣告,
还有大地,其上正风雷滚滚,
然而希望却使脸颊绯红,
在屋子的门前

---

① 从宇宙的和谐统一的观念上说。

坐着母亲和孩子,
正观望那和平,
而少数却显露出死亡,
心灵怀有一个预感,
它由金色光线送来,
最古老者信守一个诺言。

生命的精髓,诚然
由高处准备并也
向外导出,即是努力。
因为现今一切皆喜欢
纯真者
可多数时候,因那漫长寻求的,
那金色的果实,
亘古的世族
在惊天动地的风暴中坠落,
然而当至爱的善,由于神圣的命运本身,
由温柔的武器保卫,
那是天空之神的创造。

你如母狮般怒吼,

哦母亲,因为你,大自然
把他们,把孩子们失落。
因为他,你的敌人,窃取了你
最心爱的孩子们,因为你几乎把他
当作自己的儿子,
把萨蒂尔①们当作神交往。
你就这样建造了一些,
也埋葬了另一些,
因为它仇视你,
那些被你,全力者,在时间
之前引进光明之物。
现在你认识了,现在你放弃了这些;
因为乐意木然地保持安宁,
直至其成熟,恐怖的经营者沉落。

---

① 萨蒂尔(Satyr),见《圣经·旧约·诗篇》。

唯一者*

那是什么？它
把我紧紧地系缚在
这古老的极乐的海岸①，使我爱它，
远胜过爱我的祖国。
因为在那里，我如同被
出卖给天国的
监牢，阿波罗
以国王的姿态凌驾，
而宙斯及其儿子们以神圣的方式
屈尊俯就天真无邪的少年，
而人间的至高者却造就

---

* 作者于一八〇一年秋前往法国波尔多之前开始起草，一八〇二年秋完成。赞美诗体。
① 指希腊。

女儿们?

那崇高的思想
其实很多
来自天父的头脑
而他伟大的灵魂
却已来到人间。
我已属于
伊利斯和奥林匹亚,并已高高地
站在帕纳索斯山上,
俯瞰着科林斯地峡的山岳,
并且越过它
来到土麦那的近旁并从那里
去了以弗所;

我饱览了很多美景,
并已歌颂过上帝的
画像,他生活
在人间,但是因为
你们古老的诸神和所有
你们神的勇猛的子孙之中

还有一个我在寻找，
在你们中间我只爱他，
在那里，你们诸神中这最后的一族
把我这个外来的客人
隐藏在放珍宝的屋子里①。

我的主人和先生！
哦你，我的师长！
你何以这样
遥不可及？我在此
询问年长者，
英雄和
诸神，你为何要
远在天边？现在
我的灵魂里充满了悲伤，
而当你们天国之神竭力反对
我侍奉其中的一个，我却
失去了其余的。

---

① 见埃斯库罗斯的悲剧《阿伽门农》。

但我知道,那是
我自己的过错!因为我,
哦基督!我过于依赖你,
即使我认识赫拉克勒斯兄弟
及其勇猛,那你
就是伊维尔①的兄弟,他
驾着老虎
拉的大车
直至在印度
狂热的弥撒上
开辟葡萄园并且
抑制人民的愤怒。

可是我却羞于
把你和那些凡间的
人们②比较。我确实
知道,那个创造你的,你的父亲,
他本身是,

---

① 伊维尔(Evier),酒神狄俄尼索斯的别名。
② 赫拉克勒斯和狄俄尼索斯都是凡人的母亲所生。

因为他从未独自主宰。

但是爱依赖于
那一个。这一次
是从自己的心中
太过分地唱出的歌,
如果我还唱了别的歌,
那将是我一个很小的疏忽。
我从未像我希望的那样
达到那个尺度。但是一个神却知道
我最希望的,何时会来。
因为如同主人
在大地上变成了

一只被囚禁的鹰,
而很多人,
见到他,都惊惧万分,
因为这是天父所做
最意外之事,而他最好之事
在人间真的应验了,
郁郁不乐如此之久的

却是天子,直到他
乘风向着天空飞去,
相同的是,英雄们的灵魂被囚禁。
诗人们,这神灵般的
也必定是凡间的。

帕特摩斯*

——献给霍姆堡侯爵

神近在咫尺
却难以触及。
但哪里有危险,拯救者①亦在
哪里生长。

---

* 本诗完成于一八〇三年一月,作为给霍姆堡侯爵的颂诗。一八〇二年,霍姆堡侯爵写信给好友克洛卜施托克,请他写一首阐释《圣经》注释的诗,克洛卜施托克时年七十八岁,婉拒了这一请求。作者知悉这件事,于同年秋在雷根斯堡与侯爵见面后,开始了本诗的创作工作。他在诗中摘引了《圣经》中的很多语句,使用了很多经文式的话语,并试图为自己对圣经传统的唯心主义推想寻找根据。赞美诗体。

帕特摩斯(Patmos):地中海靠近小亚细亚的小岛,古罗马时代为重要的流放地,后来又成为逃亡者的避难之地。在中文版《圣经》里被译为"拔摩"。

① 指鹰。

在黑暗中栖居着
鹰,这阿尔卑斯山之子
无所畏惧地凌跃深渊
经由座座便桥。
时间之峰环绕
四周,至爱者们
比邻而居,却困于
孤峰的阻隔,
请赐予清纯的水①,
哦给我们以双翼,赤诚之心啊
将凌空而去并返回。

我正如此说,此时一个
守护神从我自家的屋子
把我劫走,因为快得我
无法想象,远及我从未
想到过的地方。天正破晓,
晨曦朦胧,此时我去了
暗影幢幢的树林

---

① 根据释义学的传统,水是统一的媒介,尤其是精神的媒介。

和家乡满怀渴望的

溪水;我从未见识过这些土地;

可是随即,在清新的霞光里

神秘地

在金色的雾霭中,

快速地生长起来

随着太阳的脚步,

与万千树梢共吐芬芳,

亚细亚向我展开了,苦苦地我寻找着

一个我还能认出的,因为我已经

不习惯这宽阔的街巷,顺着那街巷

从摩洛斯①开来了

金子装饰的帕克托尔②

而托罗斯山③耸立着,还有梅索吉斯山④,

座座庭院开满鲜花,

---

① 摩洛斯(Tmolus),小亚细亚的山峰。
② 帕克托尔(Paktol),发源于摩洛斯山的河流,因河中产金沙,故称金色的帕克托尔。
③ 托罗斯山(Taurus),小亚细亚南部海岸的山峰。
④ 梅索吉斯山(Messogis),小亚细亚西南海岸的山脉。

闪烁一点宁静之火;但光明中
银白的雪在高峰上闪耀;
还有不朽的生命之证物
常青藤在不可穿越的墙上
自古以来一直在生长,由鲜活的
支柱,雪松和月桂承载着
那庄严的
神圣般建造的宫室殿宇。

可是亚细亚的门边涛声澎湃
隐约的海面上
条条无影的大道①足已
纵横驰骋,
可是船夫认识那些岛屿。
因我在此已听到
那在近旁的
即是帕特摩斯,
我多么渴望
去那里投宿,在那里

---

① 指船舶的航路。

幽暗的岩洞中穴居。
它不像塞浦路斯
那样泉水丰富,或是
别的什么岛
都不如居住帕特摩斯这样美好,

但她热情好客
在那一贫如洗的屋里
她仍然这样
当因船只遇险,或有人为思乡
或为辞世的朋友哭诉
陌生人中有一个
会走近她,
她乐于倾听那诉说,和孩子们一起
听着那炎热树林的声音,
哪里沙滩沉陷,土地
裂开,那响声
他们听着它,并且喜欢对那男人的哀诉发出声响。
她曾这样照料着
那被神宠爱的,
那个亲历者,他那时正青春洋溢

他去了

与那至高者之子,不可分离地去了,因为

那携雷裹电的神喜爱这年轻人的

单纯,那谨慎的人

把神的形象看得清晰,

那里,在葡萄藤的浓荫之下①,他们

坐在一起,享用宴客②的时光,

而在那伟大的心灵里,主宁静地预感着

说出了死亡和最后的爱,因为他已无

足够的时间以善意说出

那些话,那时候他要振作起来,因

他所见,是世界的愤怒。

因此一切顺利。他就这样死了。对此原本

有很多可谈。人们看见他,如何胜利地

以最快乐的心情看着朋友们,直至最后一息,

---

① 作者用葡萄园喻指耶稣,用葡萄藤喻指他的门徒。
② 作者在这里借用了柏拉图《宴饮篇》中的概念,来描述耶稣与他的门徒的"最后的晚餐":两种不同宗教观念,即自觉的希腊观念和基督教观念的调和。

然而他们哀痛,因为
暮色将至,让人惊异,
男人们心中有巨大的
决心,但他们热爱阳光下的
生活,他们不愿意离开
主的面容
和故乡。他们消失了,
像锤入铁中的火,进入了
爱的阴影的一面。
为此,他把圣灵遣送
他们,而那屋子在
无所顾忌地震动,天气之神隆隆地
从远处发出惊雷
越过那些有预感的头顶,那里,视死如归的英雄
苦苦思索着聚集起来,

现在,他决心
再一次在他们面前重现。
由于阳光的白昼现已熄灭
威严的光焰并折断
光芒直射的,

那权杖,独自忍受着神祇般的痛苦,
因为它本应
适时回归。人们的劳作
延迟,忽然中断,不守诺言,
那决非好事,快乐
将从此开始,
在可爱的夜晚安居,并把
智慧之渊牢牢地
守护在天真的眼睛里。山峰上
充满生机的景象已绿茵浓浓,

但可怕的是,活着的神
无休止地向四处消散。
因为不得不离开
挚友的面容
翻越群山孤独地
远离,在那里
二次相识,天空之神是
单一的声音;它并非先知先觉,而是
诱惑的声音抓住了他,此时,
当上帝突然

从远处匆匆
向他们回眸一瞥,他们誓言凿凿
他因此停住了,如从此被系缚于
金色的绳索,
他们指称着那恶魔,都伸出了双手——

可是如果随后
美丽大多数时候
所依附的那个人死去,使对其形象的记忆
成为一个奇迹,天空之神也
指向他,如果彼此是一个永恒的谜
那些共同生活在回忆中的
人们,互相谁也
不能理解,那么不仅沙地或草原
被夺走并且庙宇
被占据,如果那半神
及其存在的
荣耀不再,至高者在天空
转过他的面容,那么无论在天空,
还是在绿色的大地,都再也见不到
一个不朽者,那是什么呢?

那是播种者的抛撒,当他
用铲子铲起麦子,
然后抛撒向澄澈的天空,把它扬过打谷场。
麦壳撒落在他脚前,可是
最后麦粒出来了,
这决非坏事,尽管有一些
丢失,人们交谈的
热烈之声渐渐远去,
因为神的杰作也如我们的一样,
并非一切均是至高者所要。
尽管铁出自高炉,
闪闪发光的松脂产自埃特纳火山,
如果我富有才华,
绘制一幅图画,期待
人们看见,他如何成为,那个基督,

可是当一个人鞭策自己,
悲伤地谈论,在途中,因为我毫无戒备,
我突然想到,我惊讶,那幅神的
画像竟有一个奴仆要仿制——

愤怒中我有一次看到
那天空之主清晰可见,不,我本不应该是什么,而应该
学习。他们是善意的,但他们最可憎之处却是,
只要他们统治着,那些虚伪的东西,那么,
人性在人间就行不通。
因为他们不再主宰,主宰的却是
不朽者们的命运,他们的工作自身
改变,并匆忙趋于终结。
当天空的凯旋行进
升跃得更高,如日中天,
至高者欣悦的儿子就被强者称为,

一个格言符号,此处歌咏的
指挥棒正向下示意,
因为无一平凡。歌声唤醒了那些
死者,他们还未被原初的东西
俘获。可是有很多却在
等待他们胆怯的眼睛
观望光明。眼睛却不想
在强烈的光线下迷眩,
尽管金色的笼头套着那勇气。

可是,当
那被世界
扬起的眉毛遗忘了的
宁静照耀的力量从神圣的文字中落下,
那位主应该高兴了,他们
正在静谧的目光下练习。

正如我所想象,如果天神
对我的爱
与对你①的爱同样多,
因为有一个我知道,
也就是天父永恒的
意志对你更
有用,在雷声隆隆的天空
他的记号即是宁静。一个人一生
都站在这天空下。因为基督仍然活着。
可那些英雄,即他的儿子们
都已来到,有关他的神圣的
文字,还有大地上的业绩,

---

① 指本诗题献的霍姆堡侯爵。

使闪电明亮澄澈至今,
一场竞跑不可终止。而他就在附近,因为他的杰作
使他自古为人们所熟知。

太久了,已经太久了,
天神们的荣耀仍不可见,
因为他们必须指引
我们,一个强力
卑鄙地把我们的心夺走。
因为每个人都将是天神的牺牲者,
如有一个被耽搁,
它也决不会带来益处。
我们已为大地母亲付出辛劳,
新近也已为阳光效力,
我们却不知,天父是慈爱的,
大多数时候,他凌驾一切之上,
照料那些
坚硬的文字,并使现存的
语义明了。此后才是德意志歌声。

怀　念*

东北风吹着，
这是我最喜爱的
风，它向船夫们预示着
热烈的心情和顺利的航行。
那么现在去吧，向美丽的
加龙河致意，
还有波尔多的花园
在那里，陡峭的河岸上
小径蜿蜒，小溪深深地
坠入激流，而在它的上面
眺望的是一对高贵的

---

*　出现于一八〇三年。

橡树和银白杨①。

我还在深深地回忆
榆树林如何把宽阔的树冠
倾斜在磨坊的上面,
庭院里却生长着一棵无花果树。
在节日里那些
棕色的女人们就去那里
在丝一般的土地上,
去赶三月的时节,
那时夜昼均长,
沿着起伏延伸的小径,
浓浓地带着金色的梦幻,
催人入眠的风吹过。

可若有人,
给我那个散发醇香的酒盅,
盛满幽暗的光,就足够了,
我愿对着它安宁;因为惬意

---

① 橡树象征英雄的坚强,而银白杨象征不朽的精神。赞美诗体。

就在树荫下的微微醺睡。
如果为凡人的杂念
失魂落魄,
那可不好。而美妙的
是促膝交谈,说着
知心的话语,聆听很多
爱的日子,
和曾经的往事。

可是朋友们在哪儿?贝拉明①
和他的水手们在哪儿?有几个
怀着敬畏去往河水的源头;
财富常常源于
大海。他们
如同画家,融汇了
大地所有的美丽,并不拒绝
顶风破浪的搏斗,并且
年复一年,孤独地居住,在

---

① 贝拉明(Bellarmin),作者的小说《许佩里翁或希腊的隐士》中的主人公。

光秃秃的桅杆下,城市节日的灯光
不能透过黑夜照到那里,
听不到弦乐的演奏,也看不到乡土的舞蹈。

可现在男人们都已去
印度人那里①,
那里,在葡萄园山下
多风的台地边,多尔多涅河②
奔流而来,
与壮观的加龙河
汇合成大海般坦荡的河流。大海夺走
记忆,也留下记忆,
而眼睛也紧紧地盯着爱,
诗人创造的,却永世长存。

---

① 去印度人那里,喻指去了遥远的地方。
② 多尔多涅河、加龙河,流经法国波尔多的河流。

伊斯特河 *

现在来吧,火焰!

我们渴望着

观看白昼,

当考验

已经自顶至踵,

一个人就可以寻迹那林中的鸣叫。

我们歌唱着从印度

远道而来

还从阿尔甫斯①而来,我们

寻找那天遣之物已很久,

如果没有羽翼

---

* 出现于一八〇三年。赞美诗体。伊斯特河(Ister),多瑙河发源于德国境内,古希腊人称多瑙河为伊斯特河(Istro)。
① 阿尔甫斯(Alpheus),古希腊神话中的河神。

一个人不能
真正抓住那下一个
并且到达彼岸。
而我们要在这里耕种。
因为河水让大地
可以耕种。当植物生长
动物在夏天到
河边饮水,
那么人也能到它的近旁。

可是人们称它为伊斯特河。
它风光旖旎。树干上的枝叶燃烧,
火苗轻轻飘动。它们狂野地
矗立着,一株紧挨一株;在其上的
第二尺度,屋顶
从岩壁上突兀而出。我并不感到
惊异,它已经
邀请海格力斯来做客,
光芒从奥林波斯山喷薄而下,
因为他,从炎热的科林斯地峡而来
寻找清凉的阴影,

因为他们自身曾
骁勇威猛,然而现在众神所要的
还有清凉。因此每一个人都愿意
迁移到这河水之源和黄色的河岸,
高处芬芳馥郁,云杉林
浓阴翁翳,树林深处
一个猎人喜欢在中午悠闲地
散步,伊斯特河的松脂树啊,
生长的声音清晰可闻,

可是它看起来几乎
已经要倒流了
我是说,它必定来自
东方。
对此有很多
可以言说。为什么它此时
依恋着山峰? 而别的河
莱茵河却向一边
奔流而去。那些河水流进
干涸的土地并未白费。可何以如此? 它需要一个符号
而不是别的,它不偏不倚,因此它

携日月怡然同行,不可分离,
昼夜亦是如此,
天空之神也同样感觉到温暖。
因此人人都得到了
至高者的快乐。可他究竟如何
降临这儿?如同赫尔塔①馥郁葱茏,
他们都是天空的孩子。可在我看来
那太过约束,并不
更加自由,那岂非在嘲讽。如果

那一天应当从青年时代
开始,他正从此时开始生长,
那么另一个②正驱策着
青春的华美升上高处,而他就像套上笼头的
马驹发出嘶鸣,风把这驱策之声
送到各处,
这一个于是心满意足;
可是悬崖需要耸立③,

---

① 赫尔塔(Hertha),德国古代神话中的丰收女神内尔图斯的别音。
② 指莱茵河。
③ 喻指河神的化身。

大地需要车辙,
如果它一无所有,就不能持久;
但是河流对它们每一个在做什么,
却没有人知道。

摩涅莫辛涅*

果实成熟了,被放入火中炙烤,
烹煮并在地上检验,一个法则是
所有的一切都要走进去,如先知先觉的
蛇一般,在天空的山岭上
做着梦。还有许多
如同肩负着
柴禾的重量
仍要执着前行。可是山径
崎岖。这是不公平的,
被禁锢的自然力和大地
古老的法则,

---

* 出现于一八〇三年。赞美诗体。摩涅莫辛涅(Mnemosyne),古希腊神话中的记忆女神。

要像骏马那样奔驰。可总有
一种渴望在无拘无束中寻找。但仍有许多
要坚持。而矢志不渝者困苦不堪。
但是我们不应当
瞻前顾后。我们让自己左右摇摆,
如同大海上颠簸的小船。

可是爱又如何？我们看见
阳光洒满大地,还有干燥的尘土
和家乡树林的影子,还有炊烟
从屋顶袅袅升起,在塔楼古老的
尖顶旁,静谧安逸;也就是一切皆好
相反地天空之物却让
心灵受到伤害,那白昼的标志。
因为雪,犹如五月的花①
那情操高尚之物,只要它在
那儿,就意味着,映照着
阿尔卑斯山的

---

① 初春时山上的雪融化得很快,就像五月的花那样很快凋谢,所以雪和五月的花都是所有的英雄此在(Dasein)的象征:生命短促。

绿草地,有一半,因为谈论十字架,
那法则在中途已
濒于死亡,在高高的山道上,
一个徒步漫游者恼怒了,
远远地与其他人一起
预感未来,可这是什么?

在那无花果树边我的
阿喀琉斯已为我而死,
而阿贾克斯①安卧在
海边的岩洞旁,
在小溪边,与斯卡曼德罗斯②为邻。
耳鬓曾风声呼啸,根据那
亘古不变的萨拉米斯岛的
习惯,在异国他乡,伟大的
阿贾克斯已死
但帕特洛克罗斯③却穿上了国王的铠甲。还有很多

---

① 阿贾克斯(Ajax),即古希腊神话中的英雄埃阿斯(Aias),Ajax 是拉丁文拼写。见荷马史诗《伊利亚特》。
② 斯卡曼德罗斯(Skamandros),古希腊神话中的河神。
③ 帕特洛克罗斯(Patroklos),古希腊神话中的英雄。

别的
也死了。在喀泰戎山下
是摩涅莫辛涅之城的厄勒夫特拉海角①。它也被当作
上帝脱下的外衣,每天傍晚过后
就把头发松散开来。天空的意志即意味着
并无情愿,如果一个人不珍爱地控制自己的
心灵,但他必须如此;他同样
缺少悲伤。

---

① 厄勒夫特拉海角(Elevtherä),希腊地名。

附 录

在可爱的蓝天下……*

在可爱的蓝天下放出光彩
教堂钟塔的金属尖顶。
燕子的呢喃萦绕着它,
最激动的蓝色围绕着它。
太阳高高地凌空而过
让那金属的尖顶色彩斑斓,
旗帜却在高风中低吟。
若此时一个人随钟声拾阶而下,
每一阶即是那寂静的生命。

---

* 这首诗仅出现于威廉·魏林格(Wilhelm Wailinger)创作的小说 *Phaeton* 里,此小说于一八二三年在斯图加特出版。魏氏在他一八二二年八月十一日的日记中写道:"我把荷尔德林的诗用在了末尾。"这首诗从理念和文风上无疑是荷尔德林的作品,但是无法肯定的是,魏氏是否忠实地引用了全文,是否有修改或插入了自己的字句。

因为,若其形象如此异样,
人的可塑性于是凸显。
钟声由窗而出,
其恰如走进美丽之门。
因它们也是走向自然之门,
此与林中之树相似。
但纯洁亦是美丽。
真诚之心正出于杂乱。
而那些塑造却如此单一,又如此神圣,
人们常常真的畏惧对它们的描述。
天空的总是美好的,
尤当其同具美德、快乐以及富有。
人应当仿效。
人或因生活艰辛而仰天发问,
我应该如此吗？是的。
只要心中纯洁的友谊长存,
人就不会不幸地失去神性。
上帝神秘莫测吗？
或者,他像天空一样朗朗。
我早就确信如此。
人的尺规亦如此。

人辛勤劳作,却诗意地安居在这大地上。
然而,星夜的暗影并不比人更纯净,
如果我能这样说,
人即被称为神性的一个塑造。

―――――

大地上确有一把尺规吗?
没有。
造物主的世界从未阻止雷电的进程。
花朵艳丽,因它在阳光下盛开。
眼睛却常在生命中发现比花朵更美,
然仍需命名之品质。
哦,这我当然知道!
因为,仅仅让身躯和心流血,
而别的什么也不做,
上帝喜欢那样吗?
可我相信,灵魂须保持纯洁,
否则那鹰在羽翼上带着可爱的歌声和这么多鸟雀的
　鸣叫,
堪比强者。

那即是天性,形象亦然。
你美丽的小溪,你显得激动不安,
你流淌得如此清澈,如同上帝的眼睛,穿过银河。
我对你很熟悉,可泪水却夺眶而出。
我在周围那么富于创造的形象中间,
看到了一个更加明朗的生命,
因我没有胡乱地把它们和教堂院子里那群孤独的鸽子比较。
人们的笑声却好像使我忧伤,
因为我有一颗心。
我应该变成一颗彗星吗?
我想是的。
因为它们有鸟雀的迅捷;
在火焰旁盛开,而且,它们如孩童般纯洁。
人期待变得更伟大,可人的天性却不可测知。
德行理应得到快乐,也应受到真诚精灵的爱戴,
那精灵正在花园里的三根柱子间飘荡。
一个美丽的少女头上必须戴着桃金娘花冠,
因为她的天性和感情与之相配。
可是桃金娘花却在希腊。

当一个人，一个男人，
在镜中看见他的面貌，
如同画像；画像逼真。
眼睛看到了那个男人的图像，在月光的衬托下。
俄狄浦斯王有一只眼睛也许是多余的。
这个人的痛苦似乎不可描述，
不可言说，不可表达。
当一出剧表演这样的剧情，它就显出困窘。
可它对我意味如何，
我提到你的痛苦了吗？
某物的末端如条条溪流般把我撕裂开去，
如亚细亚般向外扩展。
诚然这种痛苦，俄狄浦斯有。
它当然萦绕在此。
海格力斯也曾遭此痛苦吗？
他痛苦不堪。

狄俄斯库里兄弟①难道没有在他们的友谊中承受同样的煎熬吗?

如同海格力斯要与神争斗,

那即是痛苦。

而要分担这个生命中永无穷尽的妒忌,

也即是痛苦。

然而,当夏天的斑点把一个人覆盖,

用一些斑点完全盖住,

那也是一种痛苦啊!

那是美丽的太阳所为:

它抚育所有的一切。

轨道用钢铁,如同用玫瑰,

作为诱惑,驱动那些少年。

俄狄浦斯所承受之痛苦,

就像一个可怜的人诉说他缺少了什么。

拉伊俄斯的儿子②,

可怜的人,在希腊举目无亲!

---

① 狄俄斯库里兄弟(Dioskuren),古希腊神话里的卡斯托耳和波吕丢刻斯。
② 拉伊俄斯的儿子(Sohn Laios),拉伊俄斯是俄狄浦斯的父亲,所以拉伊俄斯的儿子就是指俄狄浦斯。

生命即是死亡,
死亡也是一种生命。

"蓝色花诗丛"总书目

(按作者出生年月先后排序)

你是黄昏的牧人	[古希腊]萨 福	罗 洛 译
天真的预言	[英]布莱克	黄雨石 等译
狄奥提玛	[德]荷尔德林	王佐良 译
致艾尔薇拉	[法]拉马丁	张秋红 译
城与海	[美]朗费罗	荒 芜 译
请你记住	[法]缪 塞	宗 璞 等译
浪漫主义的夕阳	[法]波德莱尔	欧 凡 译
这无穷尽的平原的沉寂	[法]魏尔伦	罗 洛 译
新月集·飞鸟集	[印度]泰戈尔	邹仲之 译
东西谣曲	[英]吉卜林	黎 幺 译
未走之路	[美]弗罗斯特	曹明伦 译
裂枝的嘎鸣	[德]赫尔曼·黑塞	欧 凡 译
注视一只黑鸟的十三种方式	[美]史蒂文斯	王佐良 译
沙与沫	[黎巴嫩]纪伯伦	绿 原 译
重返伊甸园	[英]劳伦斯	毕冰宾 译

荒　原	［英］T. S. 艾略特	赵萝蕤 等译
小小的死亡之歌	［西班牙］洛尔迦	戴望舒 译
不要温顺地走进那个良宵	［英］狄兰·托马斯	海　岸 译

（待续）